Samantha Alexander
lebt mit Mann, Sohn, Vollblut Bunny, der zahmen Gans Bertie und vielen anderen Tieren in Lincolnshire in England. Ihr Tagesablauf ist fast so spannend wie ihre Geschichten – sie schreibt Kolumnen für verschiedene Zeitungen und Zeitschriften, berät als Kummertante Teenager auf BBC Radio Leeds und reitet in ihrer Freizeit regelmäßig Dressuren und Springturniere.

In der Reihe »Winners« bereits erschienen:
Blitzstart
Jockeyträume
In vollem Galopp

In Vorbereitung:
Auf der Zielgeraden

Winners

Samantha Alexander

In vollem Galopp

Aus dem Englischen von
Marion Eichhammer

UEBERREUTER

ISBN 3-8000-5023-4

Aus dem Englischen von Marion Eichhammer
Originaltitel »Breaking The Rules«
First published in 2002 by Macmillan Children's Books

Umschlaggestaltung von Werkstatt · München / Weiss · Zembsch
unter Verwendung eines Fotos von The Image Bank

Druck: Ueberreuter Print
1 3 5 7 6 4 2

Ueberreuter im Internet: www.ueberreuter.at

1

»Und Sieger ist – die Nummer neun! Murphy's Law, geritten von Miss Justina Brooks. Besitzer und Trainer: Mr Kenneth Brown. Mit fantastischen siebenundzwanzig Längen Vorsprung …«

Tosender Jubel. Der Siegring. Ich ziehe die Schutzbrille von den Augen. Ringsum klicken Kameras. Hände strecken sich begierig und wollen das große Irische Vollblut anfassen. Heute haben wir Geschichte geschrieben. Fünfzehn Uhr fünfundvierzig, Aintree. Der erste weibliche *Jockey** gewinnt das größte Rennen aller Zeiten …

»Justina, wach auf! Du träumst schon wieder.« Mandy zog mir die Decke weg und brüllte mir ins Ohr. Ich zwängte mühsam die Augen auf und stöhnte. Ich befand mich im Rennstall Dolphin Barn in meinem ungeheizten Zimmer unter dem Dach unseres Cottage und alle Fenster waren vereist.

»Du verpasst noch das erste *Lot.*« Mandy schleuderte mir die *Jodhpurs* aufs Bett.

* Alle *kursiv* gesetzten Ausdrücke findest du im *Rennbahn-Glossar* am Ende des Buches!

Erstes Lot, der erste Arbeitsritt des Tages, das hieß früh um halb acht auf Rennpferden über eine Allwetterbahn zu galoppieren.

Draußen war es noch stockdunkel.

»Ach, und übrigens, wir haben kein Wasser und Shona hat die letzte Milch getrunken.«

Meine beste Freundin und Mitbewohnerin polterte die Treppe hinunter und hielt nur kurz an, um zwei leere Teetassen einzusammeln, in denen schon grünlicher Moder wuchs.

Warum um alles in der Welt bildete ich mir eigentlich ein, Topjockey werden zu wollen? Warum sogar an den eisigsten, dunkelsten Morgen mit leerem Magen antreten und Leib und Leben auf einem Rennpferd riskieren, das raste, als hätte es den Teufel im Leib, und über Hindernisse sprang, die höher waren als man selbst?

Auf der anderen Seite des Zimmers grinste mir fröhlich *Frankie Dettori* von einem Hochglanzposter entgegen, eingerahmt von Bildern von *John Francome* und *Tony McCoy*.

»Ist ja schon gut!« Ich zog eine Grimasse. »Weil mich, seit ich drei Jahre alt war, nichts anderes interessiert hat.«

»Du kommst zu spät!«, bellte mir der Chef entgegen und verzog das Gesicht, als zwei Pferde Seite an Seite vorüberflogen, aber für seinen Geschmack nicht schnell genug. Unser Chef, Trainer Kenneth Brown, trug die Verantwortung dafür, dass neunzig

Rennpferde durch sein Training *Hindernisrennen* gewannen.

Er rammte den Daumen auf die Stoppuhr und verdrehte ärgerlich die Augen.

Er war einer der gefürchtetsten Männer der Rennwelt. Außerdem war er einer der führenden Trainer des Landes und hatte eine fantastische Hand für junge Rennreiter. Durch ihn hatte ich mit nur sechzehn Jahren das *King George VI Jagdrennen* gewonnen. Aber das war nicht alles. Er trieb mich zu immer höheren Zielen. Unter seiner Anleitung wollte ich in einer Männerwelt ganz nach oben gelangen und dafür musste ich dreimal so hart arbeiten wie andere Jockeys. Ich wollte als erste Frau das *Grand National* gewinnen. Einen zweiten Platz gab es für mich nicht. Also musste ich siegen. Und siegen. Und siegen.

»Tut mir Leid, Chef«, redete ich mich heraus, »der Wecker hat nicht geklingelt.«

In Wahrheit hatte ich verschlafen, weil ich mir die Nacht auf einer Party mit den Raymond-Zwillingen um die Ohren geschlagen hatte. Es hatte vor Jockeys und Rennbahnpersonal gewimmelt und sogar einige Adlige waren da gewesen. Ich hatte zu viel Punsch getrunken, der angeblich alkoholfrei war, und mich die ganze Nacht mit Mick Fitzgerald im Armdrücken gemessen und Ben Le Sueur gezeigt, wie ich mit den Zähnen Flaschen öffnete. Jetzt fühlte ich mich, als wüte jemand mit einem Presslufthammer in meinem Kopf herum.

»Sieh zu, dass es nicht mehr vorkommt.«

Seine Augen verengten sich zu schmalen Schlitzen, als sehe er direkt in meine Gedanken hinein.

Auch drei Schichten Make-up und Mandys Abdeckstift schafften es nicht, meine geschwollenen Augen zu vertuschen. Auf Partys verbrachte Nächte nahm der Chef nicht auf die leichte Schulter. Besser gesagt würde er mir, wenn er davon wüsste, einen Monat Misthaufendienst aufbrummen und meine Rennreiterlizenz in kleine Fetzen zerreißen.

»Ich will einen scharfen Ritt sehen«, sagte er. »Anderthalb Meilen, auf der Außenbahn. Ich will dich und das Pferd ordentlich keuchen sehen. In deinem Fall dürfte das nicht allzu schwierig sein.« Seine Stimme troff vor Sarkasmus. »Moment noch: nicht allein, neben einem anderen Pferd, neben Sergeant Peggy.«

Was trieb er da? Wollte er mich umbringen? Er wusste so gut wie ich, dass Murphy nie mit anderen Pferden zusammen arbeitete. Er würde *pullen* wie verrückt und nicht eher seinen Rhythmus finden, bis er nicht zwanzig Längen Vorsprung hatte, egal neben wem er rannte. Ich hatte keine Chance, ihn zu halten, schon gar nicht mit zwei Dutzend Vorschlaghämmern, die mir im Kopf herumtrommelten.

»Aber, Chef …« Die Worte verdorrten mir im Mund. Ich konnte ihm vom Gesicht ablesen, dass es kein Entkommen gab.

Murphy erwachte plötzlich zum Leben und brach seitlich aus. Er wollte rennen, mit jeder einzelnen Faser seines Körpers. Ich zog den Gurt des winzigen

Rennsattels fest und nahm die Zügel kurz. Er stand da und forderte stolz die Welt heraus, sich mit ihm zu messen. Die rote Mähne wehte im Wind und er bebte vor Erregung.

Murphy wusste, dass er ein Superstar war, und er benahm sich auch so. Es war, als wüsste er, dass das ganze Land ihn liebte, einen Anteil an seiner Magie wollte. Er war sogar schon in den Zehnuhrnachrichten erwähnt worden und in den wichtigsten Radiosendern. Er hatte der ganzen Nation das Herz gestohlen und mein Herz dazu. Aber ich liebte ihn nicht einfach nur. Es ging darüber hinaus. Ich würde für ihn mein Leben geben und er wusste es.

»Da hat jemand wohl heute Früh seine Aspirin nicht genommen.«

Larry, einer der Stalljungen, ritt auf einem langbeinigen, hirschhalsigen Braunen hinter mir durch. Ich bedeutete ihm mit einer Grimasse der Verzweiflung, er solle den Mund halten, und schielte in Richtung Chef, ob der auch nichts gehört hatte. Larry war auch auf der Party gewesen. Er war der Spaßvogel des Stalls und brachte einen entweder zum Kringeln vor Lachen oder zur Weißglut.

»Hallo, Justina.«

Eine tiefe, heisere Stimme brachte jeden Nerv in mir zum Prickeln. Meine Aufmerksamkeit richtete sich sofort auf die Fuchsstute, die ich hinter Larry bis jetzt nicht gesehen hatte. Und auf ihren Reiter. Rory Calligan. Mein Freund. Der Mann, den ich liebte – und den ich seit drei Wochen nicht gesehen hatte.

»Hallo R-« Die Worte blieben mir im Halse stecken. Ich traute meinen Augen nicht. Die schönen, markanten Gesichtszüge waren eingefallen, die Wangen hohl. Er war alarmierend abgemagert. Ein Anflug von Stoppeln auf dem Kinn machte alles noch schlimmer. Er sah erschöpft und ausgelaugt aus und trotzdem gelang es ihm irgendwie, noch immer umwerfend zu wirken.

»Du reitest Sergeant Peggy!« Mehr fiel mir nicht ein, aber innerlich bebte ich. Ich war in Rory Calligan verliebt, seit er mit sechzehn Jahren sein erstes Rennen gewonnen hatte und im Fernsehen gezeigt worden war. Er war ein herausragender Jockey und entschlossen den Meistertitel zu erringen. Aber das bedeutete jede Woche Tausende von Kilometern zu Rennen zu fahren und sechsmal täglich sein Leben zu riskieren. Er hielt eine Diät ein, die praktisch Verhungern bedeutete, nur um sein Renngewicht zu halten. Um Meister zu werden.

»Wenn ihr beiden mit dem Beäugen fertig seid, könnten wir vielleicht weitermachen.« Der Chef stampfte erregt auf.

»Wenn er sich noch mehr aufregt, fallen ihm die dritten Zähne raus«, zischelte Larry unter seinem Wollschal hervor und trabte zu den anderen davon.

Immer wenn es besonders kalt war, lief der Chef in Hemdsärmeln herum, damit wir nicht über die Temperaturen jammern konnten. Mandy behauptete, er müsse Seehundspeck statt Haut haben, ganz zu schweigen von einem verschrobenen Humor.

Es hatte fünf Grad unter null und meine Augenlider waren wie mit Raureif überzogen, aber Rorys Ausstrahlung brachte alles in mir zum Schmelzen. Er beugte sich herab und fummelte an einem seiner *Lederchaps* herum und mir zog es den Magen zu Walnussgröße zusammen. Auch wenn er hätte anrufen sollen und es nicht getan hatte, ich war völlig verrückt nach ihm.

»Ich habe euch noch etwas Wichtiges mitzuteilen.« Der Chef war heute wirklich am Anschlag.

Er war selten entspannt, immer in Sorge um die Hunderttausende von Pfund an Pferdefleisch, für die er die Verantwortung trug. Die Pferde gehörten anderen Leuten und konnten jederzeit mit einer Verletzung zusammenbrechen. Sogar während er sprach, überprüfte er mit den Augen jedes einzelne Rennpferd auf Anzeichen von Unvollkommenheit. Und wie immer knurrte zu seinen Füßen sein geliebter Drahthaarterrier, ebenfalls schlecht gelaunt. Es war nicht die Art des Chefs, mit seinen Absichten hinter dem Berg zu halten. Aber heute schien ihm ein Angelhaken in der Kehle zu stecken.

Schweigen.

Dann: »Ich schicke nur ein Pferd zum *Gold Cup*.«

So. Es war heraus. Hing in der eisigen Luft und traf auf fassungsloses Schweigen.

»Tragt es zwischen euch aus, Justina und Rory. Nehmt es als Herausforderung. Reitet diese Morgenarbeit besonders gut. Der bessere Reiter vertritt Dolphin Barn beim Cheltenham Gold Cup.«

Das war Wahnsinn. Ich glotzte abwechselnd den Chef und Rory an ohne zu begreifen. Wieso stiftete der Chef absichtlich Rivalität zwischen den beiden Jockeys von Dolphin Barn? Wie konnte bei einem solchen Wettbewerb etwas Gutes herauskommen?

2

Mir war übel. Mein Hals war staubtrocken. Ich war felsenfest davon überzeugt gewesen, dass Murphy und ich auf dem Gold Cup rennen würden. Die Zeitungen schrieben seit Wochen über nichts anderes. Zehntausende würden nach Cheltenham strömen, um auf das große Irische Vollblut und seine blutjunge Reiterin zu setzen. Wie konnte der Chef auch nur auf die Idee kommen, mich und Rory vor dem Gold Cup gegeneinander antreten zu lassen und den Verlierer aus dem Rennen zu nehmen?

Larry ließ es sich nicht nehmen, uns persönlich zum Anfang der Bahn zu geleiten. Stil: Polizeieskorte. »Will euch richtig einheizen, was?«

Ich war mir da nicht so sicher. Rory war leichenblass geworden. Er hatte den Gold Cup im vergangenen Jahr gewonnen und sich damit einen Namen gemacht. Er würde ausflippen, wenn er dieses Jahr nicht dieselbe Chance bekam. Der Gold Cup war das Blaue Band der Hindernisrennen. Das größte Ereignis des britischen Rennkalenders.

»Alles deine Schuld«, zischte er mir zu, »weil du ja von einer Party zur nächsten ziehen musst, statt dich auf dein Training zu konzentrieren. Der Chef hat das Vertrauen in dich verloren. Glaubt, du strengst dich nicht mehr an.«

»Du musst gerade reden«, schoss ich zurück, »und selber reitest du hinter seinem Rücken für andere Leute! Du bist so besessen vom Gewinnen, dass du sogar auf einem Kamel antreten würdest, nur um einen Ritt extra zu bekommen.«

»Viel Glück, Rory!«, schrie Shona aus dem Trupp Rennpferde herüber, die zum Abkühlen im Kreis trabten. Sie waren doch vor uns die Bahn hinaufgeritten, wieso wusste sie, dass der Chef Rory und mich gegeneinander rennen ließ?

»Hör bloß auf zu kokettieren, du Kuh«, knurrte ich leise.

Shona war die Nymphomanin im Stall und hatte schon immer ein Auge auf Rory geworfen. Sie hatte mit Mandy und mir im Cottage gewohnt, bis sie einen Jockey mit einem Ferrari kennen lernte, der ihr Ferien an der Côte d'Azur versprochen hatte. Mandy und ich hatten sie Tesafilm getauft, weil sie sich immer an jeden Mann klebte.

Wusste denn ganz Dolphin Barn von dieser lächerlichen Kraftprobe zwischen mir und Rory?

»Ich reite an den inneren *Rails*«, warf ich Rory hin.

»Schon gut. Wir schlagen dich sowieso, also mach, dass du loskommst.« Seine Stimme ließ keinen Zweifel daran, dass er die Worte des Chefs ernst nahm.

Als hätte er verstanden, stellte sich Murphy senkrecht auf die Hinterbeine.

»Meine Güte, wie unreif, Justina, aber damit schüchterst du mich nicht ein. Schau, meine Hände zittern gar nicht.«

»Das war keine Absicht!«

Murphy landete wieder und buckelte noch einmal gewaltig. Rory verdrehte nur die Augen.

Das war das Problem mit uns. Rory und ich wollten dasselbe. Wir hatten denselben Traum, ein und dieselbe Vision. Wir konnten uns nicht gegenseitig unterstützen, weil wir unweigerlich in Konkurrenz zueinander standen.

Ich fühlte das Fernglas des Chefs im Rücken. Sergeant Peggy scheute zur Seite, als hätte sie es auch gespürt. Sie war ein herausragendes Hindernisrennpferd, aber unglaublich temperamentvoll. Rory ritt sie, als wären ihre Zügel aus Seide. Er war ein erstklassiger Jockey, vor allem mit Stuten. Warum konnte er bloß so gut mit Pferden umgehen und so schlecht mit Frauen, vor allem mit mir?

Murphy randalierte und holte mich zurück in die Wirklichkeit: Das durfte einfach nicht wahr sein. Wie konnte uns der Chef so gegeneinander hetzen?

Die zwei Füchse stellten sich nebeneinander auf, tänzelten vor und zurück. Mein fanatischer Glaube an Murphy brannte so heiß wie immer. Angesichts der sich vor uns erstreckenden Bahn vibrierte ich vor Erregung, Adrenalin, Nervenkitzel, dem Drang, zu rennen.

Sergeant Peggy war durch und durch Technik und Präzision, Murphy durch und durch rohe Kraft und purer Schneid. Murphy konnte noch vor der Seitenbegrenzung eines Hindernisses abspringen und mühelos darüber segeln. Er hatte Herz, Kraft und Courage. Der Chef hatte einmal gesagt, dass ein Reiter seine Kraft nur lenken konnte, aber niemals kontrollieren. Ich glaube, deshalb hatte ich Erfolg, wo so viele Männer gescheitert waren. Ich respektierte seinen Willen und sein Selbstvertrauen. Ich versuchte nie ihn zu brechen.

»Nur nicht unsportlich werden«, ulkte Scooby hinter uns. »Ihr beide seht aus, als wärt ihr zu allem fähig, nur um zu gewinnen.«

Sogar der eisige Ostwind konnte mir die Hämmer nicht aus dem Kopf blasen. Als Sergeant Peggy blitzschnell losjagte, den Schweif wie eine Fahne ausgestreckt, war ich nicht darauf gefasst. Ich schrie wütend auf und Murphy und ich stürmten ihr hinterher.

Es hätte gar kein Rennen werden sollen. Es ging ja darum, welches Pferd die bessere Darbietung lieferte. Aber sobald Murphy Hindernisse erblickte, war er nicht mehr zu halten. Zwecklos auch nur zu versuchen ihn zu bremsen. Er sprang aus reinem Spaß. Er zeigte der Welt, dass er der König der Rennbahn war.

Wir umrundeten die Allwetterbahn einmal und stürmten dann zum zweiten Mal bergab. Das Blut schoss mir durch die Adern, der Geschwindigkeitsrausch war die reine Droge für mich. Rory war fast einen Kilometer hinter uns und gab sich gar keine Mühe, uns einzuholen.

Der Graben, zwei feste Hecken, der Grand-National-Sprung, den wir zum Spaß *Kenneth's Brook* nannten. Wir fegten über alles hinweg ohne auch nur nachzudenken oder den Galopp zu kontrollieren. Davon hatte ich geträumt, in jeder öden Schulstunde, auf jedem Hockeyturnier, jedem Ausflug. Nie hatte ich mich nach etwas anderem gesehnt als danach, auf einem Rennpferd zu sitzen und mit fünfunddreißig Stundenkilometern massiven Hindernissen entgegenzurasen. Es gab nichts Vergleichbares. Keinen größeren Nervenkitzel. Murphy konnte jederzeit, ohne mit der Wimper zu zucken, über ein Auto springen.

Wir hatten genug getan um Eindruck zu schinden und sogar noch mehr. Ich versuchte Murphy sanft zu bremsen, aber da lachte er nur, biss auf die Trense, zog mir die Zügel durch die Hände und den Kopf zwischen die Schultern. Er musste immer mehr als verlangt leisten, bevor er aufhörte. Er hatte das Sagen, so wollte er es. Normalerweise stand der Chef mitten auf der Bahn, wenn wir den Hang hochgaloppierten, und holte ein Pferdeleckerli aus der Tasche. Murphy wartete immer schon darauf, wieherte erwartungsvoll und bremste. Aber heute war der Chef nirgends zu sehen. Murphy biss auf die Trense und warf sich in eine weitere Runde. Ich hatte keine Chance, ihn zu stoppen – die Sprünge kamen zu schnell auf uns zu. Ich war nicht darauf vorbereitet. Ich dachte an den Chef, an den Gold Cup und an die höllischen Schmerzen in meinen Schläfen. Murphy nahm den nächsten Sprung machtvoll, angeberisch und ich machte einen blöden Fehler. Ich hatte das Gewicht zu weit vorne über seinen Schultern und kippte vornüber hinunter. Ich schlug in vollem Tempo auf dem Boden auf und rollte mich sofort zu einem engen Ball zusammen. Ich schmeckte Sand und Schlamm in einer knirschenden Mischung. Mein Oberschenkel fühlte sich an wie pulverisiert.

»Die Bergaufstrecke in Cheltenham hält er nicht durch.« Plötzlich stand der Chef genau hinter mir. »Er wird sofort in Führung preschen, aber auf der letzten Meile wird er erledigt sein. Keine Chance, dass er genug Reserven für den Hang übrig hat. Da wird er in die Knie gezwungen.«

»Der Meinung bin ich nicht.« Mir war schwindlig vor Schock und von dem sengenden Schmerz, wo der harte Boden mir die Wange abgeschürft hatte, aber jetzt schoss die Panik in mir hoch.

»Ist nicht dein Job, einer Meinung zu sein. Ich bin der Trainer. Ich entscheide. Und das ist meine Entscheidung. Er rennt nicht.«

Er ging davon.

»Das werden wir sehen!« Aber als ich mich umdrehte, sah ich Rory auf mich zureiten und außerdem sah ich die Erleichterung auf seinem Gesicht und einen Anflug von Schuldbewusstsein. Sergeant Peggy würde die Farben von Dolphin Barn im Gold Cup tragen. Murphy würde zu Hause bleiben.

»Sie haben es schon vorher beschlossen gehabt,

geben Sie es doch zu!« Ich brauste gegen den Chef auf, verzweifelt bemüht, nicht in Tränen auszubrechen. »Sie hatten sich längst entschieden. Sie haben mich absichtlich gegen Rory antreten lassen um zu beweisen, dass Sie Recht haben! Sie wussten genau, dass Murphy mit mir auf und davon rennen würde, wenn wir nebeneinander trainieren.«

»Mein liebes Mädchen, ich kann schließlich nicht auf der hinteren Geraden stehen und euch mit Leckerlis abbremsen. Es geht um den Gold Cup und dafür seid ihr einfach nicht gut genug.«

Aus dem Haufen Stalljungen, die hinter uns standen und das Spektakel vor dem Frühstück genossen, drang Gekicher.

»Er ist gut genug für den Gold Cup. Ich weiß es, hier drinnen und hier drinnen auch.« Ich wies dramatisch auf Kopf und Herz. »Es ist alles, was er will. Sie können ihn nicht einfach abschreiben. Und mich auch nicht.«

Die Stille dehnte sich viel zu lange aus. Mit bebenden Schultern griff ich nach Murphys Zügeln und hechtete in den winzigen Rennsattel. Ohne einen weiteren Blick auf den Chef oder auf Rory wirbelte ich herum und galoppierte langsam in Richtung Stallungen. Jeder andere wäre für ein solches Benehmen sofort aus Dolphin Barn geflogen. Ich trotzte dem Chef, ich forderte ihn heraus. Doch vor allem musste ich rasch von ihnen wegkommen, damit ich den Schmerz aus mir hinausschreien konnte, die Enttäuschung und den lähmenden Unglauben.

Rory steckte den dunklen Haarschopf durch die Hintertür der Küche und zuckte zusammen. Das taten die meisten Leute, wenn sie unsere Küche sahen. Mandy und ich konnten uns nie einigen, wer wann mit Putzen dran war, und in der Spüle stapelten sich Töpfe mit ausreichend Schimmel darin, um eine Jogurtfabrik zu gründen.

»Geh weg!« Ich warf ein Kissen nach ihm. Es landete im Katzenfutter.

Ich lag neben dem Bücherregal eingerollt und in Murphys Reisedecke gemummelt, die voller fuchsroter Pferdehaare und dem besten Duft der Welt war, dem Duft meines Pferdes. Quer über meinen Beinen lag Rorys Dänische Dogge, Poppy, und leckte meine Hauspantoffeln ab. Ich hatte wochenlang auf sie aufgepasst und war fest entschlossen, sie jetzt ganz für mich zu beanspruchen. Ihre riesige schwarzweiße Kinnlade öffnete sich vor Überraschung, als sie Rory sah, und dann sprang sie auf, peitschte mir den Schwanz übers Gesicht und trampelte über meine Nieren. Die Verräterin.

»Es tut mir Leid.« Rory brachte ein Entschuldigung heischendes Grinsen zustande. »Ich wusste doch nicht, dass der Chef einen Wettkampf daraus machen würde.«

»Ich brauche dein Mitleid nicht.« Leider machte sich jetzt meine Unterlippe selbstständig und zitterte unkontrolliert. Um es noch schlimmer zu machen, zog Poppy Rory näher. »Und sowieso, ich schaue fern. Lass mich in Ruhe.«

Ein unscharfes Amateurvideo flimmerte auf dem alten Schwarzweißfernseher. Es zeigte mich mit sechs Jahren, wie ich ein Rennen auf der Sofalehne ritt, ein Springseil als Zügel. Solange ich mich erinnern konnte, hatte ich immer Rennreiterin werden wollen.

»Süßes Kind, aber das Pferd ist eine Schande.«

Rory drehte die Lautstärke höher und man hörte mich deutlich rufen: »Hü! Hü!« Vor Anstrengung hatte ich das Gesicht zu einer Grimasse verzogen.

»Brauchst du was?«, fragte ich abweisend. Es gibt schließlich eine Grenze, wie viel Demütigung ein Mensch ertragen kann.

»Nur meinen Hund.« Rory zauste Poppy die Ohren. »Und ich wollte nach meiner Freundin schauen, die so aussieht, als bräuchte sie Beruhigungstabletten und eine Woche lang frühes Schlafengehen.«

»Für wen hältst du dich? Für meinen Dad?« Aber trotz aller Wut und Eifersucht wurde ich rot vor Freude, dass er mich immer noch seine Freundin nannte, obwohl wir seit schieren Ewigkeiten nicht mehr miteinander ausgegangen waren.

»Was das andere betrifft, glaube ich, dass der Chef die richtige Entscheidung getroffen hat.«

»Ist ja klar, dass du das glaubst«, sagte ich eingeschnappt.

»Der Gold Cup verlangt Pferd und Reiter das Äußerste ab. Ich glaube nicht, dass Murphy dafür genug Erfahrung hat. Und du auch nicht.«

»O mein Gott, dank dir für deine überwältigende Ehrlichkeit. Ich werde auch in Zukunft um deine

Worte der Weisheit bitten, wenn ich ein bisschen Selbstbestätigung brauche.«

»Stell dich nicht so an.«

»Ich stell mich an, soviel ich will.«

Poppy sah zwischen uns beiden hin und her, winselte und flüchtete hinter das Sofa.

»Jetzt schau, was du angerichtet hast!« Spannung erfüllte das Zimmer.

»Was ICH angerichtet habe?«, keuchte ich. »Ich bin wochenlang nicht vom Fernseher gewichen, um dich vielleicht eine Sekunde lang in den Sportnachrichten zu sehen. Davon, dass die Telefone nicht gingen, war keine Rede. Also nehme ich an, dass du dich aus anderen Gründen nie gemeldet hast.«

»Ach so.« Rory erstarrte. »Das ist es!«

»Kein einziger Anruf, Rory, nicht mal eine mickrige Minute um zu sagen: ›Hallo, wie geht's dir?‹ Wenn ich nach Neuseeland ausgewandert wäre, hättest du es nicht mal mitbekommen.«

»Würdest du nie tun ohne deinen verdammten Gaul. Keine Gefahr.«

»Wag es nicht, so über Murphy zu reden!«

»Ach, und warum nicht? Wir können ja doch nie was tun, ohne dass er das einzige Gesprächsthema ist. Du bist besessen von ihm. Und übrigens musste ich dich gar nicht anrufen. Ich habe alles von den anderen Reitern gehört. Von den Partys und den langen Nächten. Bist 'ne richtig heiße Braut, was?«

»Ach, zum Teufel. Kaum geht man ein paar Mal aus, schon bist du eifersüchtig. Wenigstens habe ich ein richtiges Leben und Freunde. Du dagegen bist doch besessen. Du denkst nur an deinen nächsten Sieg. Du bist kaputt, Rory, du bist eine Maschine.«

»Du kapierst es einfach nicht«, schnappte er. »Weibliche Jockeys können sich nicht die Nächte um die Ohren schlagen und dann am nächsten Tag gegen Männer antreten und erwarten ihnen körperlich gewachsen zu sein. Es ist physisch nicht möglich.«

Was war eigentlich sein Problem? Ich war doch nur ein paar Mal mit den Zwillingen Pixie und Ike Raymond in den Nachtklub gegangen. Sie ritten sehr erfolgreich *Jagdrennen,* waren aber auch gute Freunde von mir, die mich wohl kaum auf die falsche Bahn bringen würden.

»Das ist ja wohl kein Kapitalverbrechen«, schnappte ich zurück. »Du bist nicht mein Kindermädchen. Genau betrachtet bist du in letzter Zeit nicht mal richtig mein Freund gewesen.«

»Na dann. Soll mir gerade recht sein.« Seine dunklen Augen wurden fast schwarz.

Ich wollte mit diesem dummen Streit aufhören, aber es war zu spät. Rory sah das neueste Heft von »Pferd und Hund« auf dem Sofa liegen, die Rennseite aufgeschlagen, mit einer Kurzbiografie von Chester Dulaney und einem Hochglanzfoto von ihm.

»Ich sehe schon, in welcher Gesellschaft du dich rumtreibst. Aber ein hübsches Gesicht macht noch keinen guten Charakter.«

Chester Dulaney war ein blonder, glamouröser Jockey aus den Vereinigten Staaten, der für eine Saison nach England gekommen war. Er stellte mir wie verrückt nach. Ich war absolut geschmeichelt und fand ihn zugegebenermaßen ziemlich attraktiv, auch wenn ich weiterhin Rory liebte.

»Ich tue dir einen Gefallen und halte mich aus deinem Leben raus. Sicherlich begleitet dich der große, tolle Chester zur Verleihung des Jockey Award. Wahrscheinlich hat er dich ja sowieso schon gefragt …«

Das hatte er und mein Gesicht verriet es.

»Verstehe«, sagte Rory ruhig. Er sah so verletzt aus, dass mir das Herz brach. »Also, dann wünsche ich dir noch ein schönes Leben. Wir sehen uns wahrscheinlich mal in der *Waage*. Du hast sicher nichts dagegen, wenn ich meinen Hund mitnehme. Poppy, komm!« Er drehte sich um und knallte die Tür mit solcher Wucht hinter sich zu, dass der Rennkalender von der Wand fiel.

»Verdammt!«, fluchte ich und fühlte mich innerlich kälter als je draußen auf der Bahn. Ich glaube nicht, dass ich mich schon jemals so erbärmlich gefühlt hatte.

3

»Geh endlich zu!« Ich zerrte ein drittes Mal am Reißverschluss und spürte, wie die Naht riss. Heute Nacht war die Verleihung des Jockey Award und morgen sollte ich auf einem Zweimeilen-Amazonenrennen starten, einer Wohltätigkeitsveranstaltung zugunsten des Hilfsfonds für verletzte Jockeys. Panik verwandelte sich in Verzweiflung. Ich hatte sechs Kilo Übergewicht. Kein Gedanke daran, sich unter die Reichen und Berühmten zu mischen, ich musste eher die ganze Nacht in der Sauna verbringen und Sellerie knabbern. Hätte ich nur den Burger und den Milchshake nicht verdrückt.

»Hallo, Schätzchen, ich bin's, Chester. Ich habe einen Tisch neben *Lester Piggot* für uns und mach dir nur keine Sorgen, die anderen Kandidaten für den Award haben keine Chance ...« Die Nachricht auf meinem Anrufbeantworter ging mir nicht aus dem Kopf, bis die Vorfreude mir heiß das Rückgrat hinaufkochte. Was war nur dran an Chester Dulaney, dass er diese Wirkung auf meine Nerven ausübte?

Mandy kam ins Schlafzimmer. In ihrem Ballkleid sah sie wie ein rosa Zuckerwattebällchen aus und hatte mehr Eyeliner aufgetragen, als der Body Shop in einem Jahr verkaufte. Ich sah ihr ins Gesicht und wusste sofort, dass etwas passiert sein musste.

»Rory ist gesperrt worden«, stieß sie gepresst hervor.

Mandy war nie aggressiv, nie darauf aus, jemanden auszustechen, aber jetzt bebte sie vor Wut. »Rory hat Ben heute während des Rennens vorsätzlich behindert, als Ben ihn an der Innenseite überholen wollte. Er hätte ihn umbringen können.«

Der Vorwurf hing in der Luft. Ben Le Sueur ging mit

Mandy. An der Innenseite zu überholen – man sagt dazu auch von innen aufkommen – bedeutet, dass man sein Pferd durch die Lücke zwischen einem anderen Reiter und den Rails hindurchzwängt. Es war ziemlich gefährlich und das wussten alle Jockeys. Deshalb würde nie einer absichtlich einen Reiter behindern, der das tat. Es konnte tödlich enden.

»So was tut Rory nicht.« Sofort verteidigte ich ihn. »Das hat Ben sich eingebildet.«

»Unsinn«, gab Mandy zurück. »Jeder weiß, dass Rory sich in letzter Zeit wie ein Psychopath benimmt. Er ist zu allem fähig.«

»Er will nur gewinnen.«

»Ben auch.«

Die zwei Jockeys stritten seit Wochen um den Meistertitel. Sie waren in ein Kopf-an-Kopf-Rennen verstrickt, das sie und alle ihnen Nahestehenden schier zerriss. Es war wie eine Besessenheit und kein Ende in Sicht.

»Jeder weiß auch, dass man nicht von innen aufkommt, wenn man keinen Stress will. Rory hat nur seine Arbeit gemacht. Er hätte wie ein schlechter Reiter ausgesehen, wenn er Ben vorbeigelassen hätte.«

»Da liegst du aber völlig schief.« Ich hatte Mandy noch nie so wütend gesehen. Sie zitterte von Kopf bis Fuß. »Auf die Art wird er Ben nie schlagen. Wir werden den Meistertitel bekommen. Warte nur ab!«

Ich war völlig entgeistert. Was war bloß los mit uns? Was war aus den gemütlichen Abenden im »Jockey's Rest« geworden, wo wir immer zu viert Dart gespielt hatten? Mandy und ich waren, ohne es zu merken, Rivalinnen geworden. Der Wettstreit unserer Männer um den Meistertitel zerstörte unsere Freundschaft.

»Wenn Rory so unschuldig ist, warum ist er dann so eilig nach Heathrow und für eine Woche zum Skifahren abgehauen? Weil er den anderen heute Nacht nicht gegenübertreten will. Deshalb. Er ist so schuldig, wie man nur sein kann.«

Ich erstarrte vor Schreck. Skifahren? Ohne mich? Ohne mir auch nur ein Wort zu sagen? Dann war es wirklich aus zwischen uns. Er wollte nichts mehr von mir wissen. Er fuhr ins Ausland ohne mich auch nur anzurufen. Ich war vor Schreck ganz taub.

Die Verleihung des Jockey Award wird jedes Jahr mit einem festlichen Abendessen in London gefeiert und vereint alle großen Namen der *Flach-* und Hindernisrennen des Landes unter einem Dach. Letztes Jahr hatte ich jedes Detail des Abends aus der *»Racing Post«* gesogen. Dieses Jahr ging ich selbst dorthin, und zwar als Kandidatin für den Nachwuchspreis. Es war unglaublich.

Chester Dulaney schlängelte sich zwischen den Tischen zu unserer kleinen Gruppe durch. Wir warteten an der Tür, Mandy und Ben ineinander verschlungen wie Tintenfische. Ich zitterte in dem dünnen Kleid und dem Spitzenschal und ignorierte sie, so gut ich konnte. Niemand war in Festlaune. Nach dem Streit mit Mandy kamen wir auch noch fast zu spät, weil ich mich geweigert hatte loszufahren, solange Murphy nicht ruhig in seiner Box schlief und ich nicht sicher sein konnte, dass er keine Kolik bekam. Vielleicht hatte Rory Recht und ich war besessen von ihm. Der Chef hatte eine Rechnung über zweihundert Pfund auf dem Schreibtisch liegen, weil ich einen Tierarzt aus Newmarket geholt hatte. Falscher Alarm, gerade mal eine Woche her. Ich wusste nur, dass Murphy das beste Rennpferd des ganzen Landes war und dass er mir näher stand als irgendein Mensch.

Chester bedachte mich mit einem Megawatt-Lächeln. Meine Laune stieg. Er war so großartig! Von allen Seiten lächelten ihm die Frauen zu und ermordeten mich mit Blicken, aber das war mir egal. Noch glücklicher wurde ich, als ich mein Idol erblickte, Frankie Dettori. Er unterhielt sich mit seiner umwerfenden Frau und einem berühmten Rennkommentator. Ich griff mir ein Glas Bucks Fizz vom Tablett eines Kellners und kippte es hinunter. Auf dem Weg zu unserem Tisch spürte ich Chesters Finger, der an der Unterseite meines Arms entlangfuhr. Tausend Feuerwerke explodierten in meinen Adern. Rory? Wer sollte das sein? Plötzlich war er für mich so unwichtig geworden.

Chester setzte sich neben mich an den Tisch. »Du siehst sensationell aus«, murmelte er mir zu und reichte mir noch ein Glas Champagner.

Mir war messerscharf bewusst, dass dieser amerikanische Jockey, der aus den Staaten herübergekommen war, um sich an Englands Hecken zu versuchen, Gesprächsthema Nummer eins war. Er hatte den World Cup in Dubai gewonnen, aber dann alles aufgegeben, um Hindernisrennen im lausigen britischen Wetter zu reiten und für reizbare, exzentrische Trainer wie den Chef zu arbeiten. Er musste verrückt sein.

»Du bist das heißeste Eisen der Rennwelt hierzulande …«

»Komisch, gerade dachte ich dasselbe über dich«, grinste ich. Der Champagner wirkte schon.

»Deine Tätowierung gefällt mir«, bemerkte Chester und lehnte sich im Stuhl zurück, als nach dem Essen der Kaffee serviert wurde. Er fuhr die Umrisse des winzigen Kleeblatts auf meiner Schulter nach, unter dem Murphys Name stand. Ich sagte ihm lieber nicht, dass es nicht dauerhaft war. Ich hatte es erst an diesen Nachmittag in der nahe gelegenen Stadt machen lassen. »Die Gerüchteküche behauptet, du seiest richtig besessen von diesem großen Fuchs, der als Favorit für das Grand National gehandelt wird?«

»Hm, kann sein.« Die Reden hatten begonnen und ich wollte unbedingt einem Sprecher zuhören, der sich dafür einsetzte, den Einsatz von *Stöcken* zu verbieten. Der viele Champagner war mir zu Kopf gestiegen und machte mich schwindelig.

Chester dachte offensichtlich, er habe jetzt genug Fragen über mich gestellt, und setzte seinen Monolog über sich selbst fort. Die anderen Tischgäste warfen uns saure Blicke zu, weil sie den Reden zuhören wollten. Die Liste der Kandidaten, die in die engere Auswahl gekommen waren, sollte gleich vorgelesen werden und mir war schlecht vor Aufregung. Den Preis für den besten Nachwuchsjockey wollte ich dringender als irgendetwas anderes.

»*Das Pferd hatte an Weihnachten offensichtlich zu viel Truthahn gegessen …*«, erklang es vom Podium. Ein Kichern lief durch die Zuhörer, dann begann die Preisverleihung.

Der Trainer, der den Preis für ein Leben voller Einsatz verlieh, machte einen Scherz über meine Freunde Pixie und Ike, die Raymond-Zwillinge, die Pupskissen auf die Stühle der *Stewards* gelegt hätten. Er erhielt einen Lacher.

Zwei weitere Preise.

Ben Le Sueur wirkte zunehmend nervöser. Mandy war äußerlich ruhig, klopfte aber unruhig mit dem Teelöffel auf dem Tisch herum. Ben war Rorys Hauptkonkurrent um den Preis für die beste reiterische Leistung der Saison. Ich war mir der Augen bewusst, die zu mir herüberwanderten auf der Suche nach Rory. Er hätte da sein sollen. Gesperrt oder nicht.

»Ich finde britische Jockeys sehr ernsthaft und angespannt«, erklang wieder Chesters gedehnter Dialekt.

»Das müssen sie sein«, antwortete ich. »Sie sind die mutigsten Leute, die es gibt. Sie leben immer an der Grenze, immer aus dem Vollen. Sie sehnen sich immer nach dem nächsten Nervenkitzel.«

Jegliches Knistern zwischen mir und Chester war im Laufe des Abends erloschen wie eine feuchte Wunderkerze. Er langweilte mich zu Tode. Ich spielte mit dem Teelöffel und konzentrierte mich auf die Ansprachen.

Liam O'Riley gewann den Preis des Nachwuchsjockeys.

Die Enttäuschung blendete alles andere aus. Ich hatte so sehr gehofft, ich würde ihn gewinnen. Dann gewann Ben Le Sueur den Preis für die beste reiterische Leistung. Und Rory trieb sich in den französischen Alpen herum. Schlimmer konnte es kaum kommen.

»Ben hat gewonnen.« Mandy erwischte mich in der Toilette. Unseren Streit hatte sie scheinbar vergessen.

»Weiß ich. Glückwunsch.« Der Händetrockner ging nicht an.

»Mit diesem Chester bist du besser dran als mit Rory.« Sie wölbte die Lippen vor und trug frischen Lippenstift auf. »Wenigstens ist er den ganzen Abend an deiner Seite geblieben.«

»Im Gegensatz zu Rory, der auf einem Snowboard klebt.« Ich zog eine Grimasse.

»Genau betrachtet tut er dir eigentlich immer nur weh. Ich möchte keinen Freund haben, der nichts als Siegen im Kopf hat. Ben jedenfalls achtet auf alle Bereiche seines Lebens. Er hat mich noch nie nicht-angerufen. Egal wo er ist, weiß ich, dass er an mich denkt.«

Der gute, alte, perfekte Ben. Eine Woge der Einsamkeit begrub mich unter sich. Ich klammerte mich deprimiert an das Marmorbecken.

»Ich weiß, dass du es mir nicht übel nimmst, wenn ich dir etwas sage, schließlich sind wir beste Freundinnen.« Sie lehnte sich dicht zu mir herüber, als eine weitere Frau durch die Tür und jemand aus einem der Abteile kam. Ich roch ihr Parfüm, sie hatte sich quasi damit geduscht, aber vor allem sah ich etwas in ihren Augen. Mitgefühl vielleicht.

»Was ist denn?«

»Dein Kleid ist aufgeplatzt«, flüsterte sie mir zu. »Nur ein bisschen unten am Saum. Hier, ich habe eine Sicherheitsnadel.«

Ich rumpelte zum Tisch zurück mit dem Gefühl, ein Pappschild auf dem Rücken zu tragen mit der Aufschrift »Fette Kuh«. Jeder mit Augen im Kopf musste sehen, dass ich die Leichtgewichtsklasse nicht schaffen würde. Mit diesem Mangel an Selbstdisziplin setzte ich meine Karriere aufs Spiel. Warum konnte ich nicht so sein wie Rory? Sogar an Weihnachten hatte er von Eiswürfeln und gekochtem Kohl gelebt.

Chester strahlte mich an, als der Tanz begann, und bedeutete mir, er wolle mit mir auf der Tanzfläche gesehen werden. Lieber hätte ich noch Moderator John McCririck vom Rennprogramm auf Kanal Vier umarmt. Chester war sich seiner einfach zu sicher. Er benahm sich, als ob die Welt sich nur um ihn drehe. Er war so faltenlos glatt, dass ich Angst hatte, ihm aus den Armen zu rutschen.

»Ich hoffe, dass es dir nichts ausmacht, aber ich muss nach Hause. Genau gesagt muss ich den Rest der Nacht in einem Gummianzug in der Sauna verbringen, sonst schaffe ich mein Gewicht morgen für das Rennen nicht.« Ich hätte mich am liebsten tausendmal geohrfeigt, weil ich so viel gegessen hatte an diesem Abend. »Tut mir Leid.«

Er legte eine warme, trockene Hand auf meine. »Hör zu, ich sage das jetzt nicht zu laut, aber ich kann dir helfen. Ich habe genau das, was du brauchst.« Und damit zog er wunderbarerweise einen dünnen Streifen Tabletten aus der Hosentasche. »Hiermit fallen die Pfunde von dir ab – und du wirst heute Nacht schlafen wie ein Engel.«

Ich betrachtete die Tabletten schweigend, als wären es Rubine. Ich wusste, was das war. Diuretika beziehungsweise Pisspillen, wie sie in Rennreiterkreisen hießen. Sie brachten den Körper dazu, Flüssigkeit auszuscheiden, und dadurch wie durch Wunderhand leichter zu werden. Sie waren strikt verboten und gefährlich. Sie konnten grässliche gesundheitliche Schäden anrichten. Ein Rennreiter, der sie ein Leben lang verwendet hatte, war an Leberversagen gestorben. Dennoch hatte ich den Verdacht, dass einige der Reiter, die ich kannte, sie anwendeten, die Raymond-Zwillinge eingeschlossen.

Immer noch hatte ich nichts gesagt.

»Nimm schon«, drängte Chester. Und ungläubig merkte ich, wie meine Hand sich unter dem Tisch ausstreckte, sie nahm und in die Handtasche steckte.

Was tat ich da? Ich, das Goldmädchen der Bahn, wie mich eine Sonntagszeitung betitelt hatte. Ich war überzeugt, dass jeder im Saal wusste, was ich eben getan hatte. Was für ein Spiel trieb ich da? Ich kam mir vor, als sei ich in der Schule mit einem geheimen Liebesbrief erwischt worden und der Lehrer gerade dabei, ihn vor der ganzen Klasse vorzulesen.

»Zwanzig Pfund, Sir.« Ich sprang fast an die Decke und bekleckerte alles mit kaltem Kaffee. Ein Fotograf besprach mit Chester den Preis für ein Foto von uns. Tischnachbarn von uns kamen gerade zwischen den Tischen von der Tanzfläche zurück.

»Ich habe Sie schon mal gesehen, sind Sie nicht die junge Frau, die Murphy's Law reitet, den Frontrenner? Ich setze immer auf Sie.«

Ich nickte dümmlich. Mich beherrschte der Gedanke, was Murphy's Law bedeutete: Dass alles, was schief gehen kann, auch schief gehen wird. Ich hatte das unheilschwangere Gefühl, dass meine ganze Welt gerade dabei war, zusammenzubrechen.

»Enger zusammen, bitte.« Der Fotograf verbreitete Hektik.

Ich zwang ein kleines Lächeln auf verkrampfte Lippen.

»Noch näher.«

Entsetzt spürte ich Chesters warme Lippen auf dem Ohr.

»Perfekt.«

Der Blitz war so grell, dass ich sicher rote Augen hatte. Ich betete, dass ich nicht zu erkennen wäre, wenn das Bild an die Klatschkolumnen verkauft würde. In meiner Handtasche schrillte das Handy. Voller Panik, dass jemand mir zuvorkommen und die Tabletten sehen würde, hechtete ich danach. Der Kopf schwirrte mir, die Welt schwankte. Ich kam mir vor wie auf Rollerskates, nicht wie auf High Heels. Dreimal drückte ich den falschen Knopf, bevor ich endlich antworten konnte. Es war Rory.

»Hallo, Kleines, ich bin's.« Elektrische Ladungen züngelten mir durch die Adern. Mandy behauptete immer, Rory und ich seien wie zwei geladene Drähte, die Funken sprühten, sobald sie einander nahe kamen.

»Du bist im ›Paris Turf‹-Magazin.« Er lachte ins Telefon, aber ich hörte den Stolz in seiner Stimme. »Sie diskutieren, ob du den *Becher's Brook* in beiden Umläufen schaffst. Klingt, als wärst du ein Hit hier in Frankreich.«

»Warum bist du nicht hier, heute Nacht?«, platzte ich heraus. Die gesamte Spannung des Abends kanalisierte sich in das Telefon. »Warum gehst du Ski fahren, wenn du hier sein solltest? Warum hast du dich so kurz vor der Meisterschaft sperren lassen?«

»Also habe ich nicht gewonnen?«

»Nein. Und ich auch nicht.«

Schweigen.

»Rory?«

»Du fehlst mir.«

»Schätzchen, jetzt hör mal wieder auf mit dem Telefonieren, okay?«

Mir gefror das Blut in den Adern. Ich spürte Chesters Atem am Hals, als er absichtlich mein Liebesleben sabotierte und so deutlich wie möglich ins Telefon sprach.

»Rory, es ist nicht …«, begann ich verzweifelt. Aber es war zu spät. Klick. Die Verbindung brach ab. Zum ersten Mal in fünf Monaten und dreizehn Tagen hängte er einfach auf.

Alles, was schief gehen kann, wird auch schief gehen. Wie viel schlimmer konnte es noch kommen?

4

Halb elf Uhr früh. Panik durchfuhr mich in Übelkeit erregenden Wellen. Vor fünf Stunden hatte ich mit dem Schlüssel, der immer unter dem Milchflaschenbehälter lag, Rorys Wohnung aufgesperrt. Ich saß in seiner Sauna, bis sich mir die Haut runzelte und kräuselte und meine Kehle sich anfühlte, als hätte ich einen heißen Föhn verschluckt.

Jetzt musste ich auf Mandys Rad zurück nach Dolphin Barn radeln und Sattel, Rennfarben und Stiefel zusammensuchen, bevor Pixie, Ike und Liam mich für die Fahrt zur Rennbahn von Sunningdale abholten. In knapp vier Stunden musste ich eines der stärksten Rennpferde des Landes über eine anstrengende Zweimeilenbahn lenken, dabei fühlte ich mich nicht mal fähig, einen Kinderroller zu fahren.

Ich war solch eine Närrin. Warum hatte ich mich von Pixie überreden lassen, nach der Preisverleihung noch in einen Nachtklub zu gehen? War ich eigentlich total bekloppt? Chester hatte mich an der Tür abgesetzt und aus dem Nichts verkündet, dass er in Familienangelegenheiten zurück nach Amerika flog und mich in zwei Wochen wieder anrufen würde. Nicht dass es mir etwas ausmachte. Er hatte vorsätzlich mein Verhältnis zu Rory gestört und ein Gespräch mit einem Bügelbrett war allemal interessanter als mit ihm, aber es verletzte doch meine Eitelkeit, dass er so plötzlich das Interesse verloren zu haben schien.

Ach verdammt. Das Rad hatte einen halben Platten und fuhr sich so schwer, als ginge es eine steile Bergstraße hinauf. Außerdem fror ich. Ich schlingerte, als mir einfiel, wie Rory in der vergangenen Nacht Chester gehört hatte. Ich hatte alles kaputtgemacht. Ich musste Rory zurückgewinnen. Und meine Fitness. Und die Chance, den Gold Cup zu gewinnen. Während ich frenetisch an der Cheltenhamer Rennbahn vorbeistrampelte, drehte sich mir der Magen um bei dem Gedanken, was ich alles falsch gemacht hatte. Dabei war mir nichts wichtiger als ein Topjockey zu sein. Es war mein größter Traum. Ab sofort wollte ich absolut konzentriert und bei der Sache sein. Keine Partys mehr, keine späten Nächte. Kein Junkfood, keine Drinks.

Das Cottage glich einer Müllkippe. Mandys Garderobe lag mehr oder weniger komplett über den

Küchenboden verstreut. Unsere Katze Smokey schnurrte zusammengerollt auf einem Sport-BH.

Auf dem Kühlschrank lag ein Zettel:

Shona zieht wieder ein.

Verehrer ist heim zu Mutti.

Warnung! – Sie will ihr altes Zimmer zurück und die Goldfische.

Meinetwegen sollte sie sich auf den Kopf stellen, wenn sie ihr Zimmer zurückwollte. Was die Goldfische anging, sollte jemand sie beim Tierschutzverein anzeigen. Als ich sie fand, war das Wasser praktisch dunkelgrün. Shona konnte mich gern haben.

Die Wirklichkeit dessen, wovor ich mich fürchtete, kam zurück, als ich die schwarz und burgunderroten Rennfarben hinter meiner Zimmertür hängen sah. Ich musste mich endlich wiegen. Ich konnte es jetzt nicht mehr länger vor mir herschieben. Ich musste wissen, welches Gewicht ich für das Rennen angeben konnte.

Jeder Rennreiter hat eine viel benutzte Waage im Badezimmer. Sie ist Teil des täglichen Rituals wie das Zähneputzen. Bis jetzt war ich zum Glück der Qual und Mühe entgangen, täglich um mein Gewicht kämpfen zu müssen, obwohl ich einssiebenundsiebzig groß und recht grobknochig war.

Ich ging ins Badezimmer und zog mich komplett aus. Mit geschlossenen Augen stieg ich auf die Waage. Ich kam mir wieder vor wie in der Grundschule: plump, übergroß, ungelenk – Opfer endloser Neckereien. Jeden Moment würde jemand

»Oink-oink!« schreien und mich an den Haaren ziehen. Ich schwor mir, nie wieder im Leben so nachlässig zu sein. Ich würde von Kleie und Magermilchjogurt leben, wenn ich nur heute das Rennen reiten konnte. Ich öffnete die Augen. Die Anzeige huschte verschwommen hin und her und kam zitternd auf einer Zahl zum Stehen. Mir war zum Kotzen. Zwei Pfund über dem Maximalgewicht für meine Klasse. Was nun?

Meine Hände zitterten unkontrollierbar. Ich hastete ins Schlafzimmer und griff nach der perlenbesetzten Handtasche, die ich letzte Nacht benutzt hatte. Ich glaubte einfach nicht, was ich da gerade tat. Einen Moment lang hatte ich eine Vision vom Chef mit seinen nüchternen, zusammengekniffenen Augen, wie er den Kopf schüttelte. »Tu es nicht, mein Mädchen, nimm diese Tabletten nicht.« Aber ich hatte doch keine Wahl. Es gab keine andere Lösung. Verstand er das nicht? Ich musste die Regeln brechen.

Ich schob alle Zweifel beiseite, griff nach dem Streifen Tabletten und zog das Silberpapier ab.

Neun Rennreiterinnen traten auf dem Wohltätigkeitsrennen an. Die Zeitungen hatten wild spekuliert, wer die wahrscheinlichste Anwärterin auf den Sieg war, vor allem als Mary Thompson und Pippa Funnell in letzter Minute gemeldet wurden, die aus der Welt der Internationalen Vielseitigkeitsturniere stammten. Ich war noch nie gegen Mitglieder meines eigenen Geschlechts angetreten. Schon bei dem Gedanken daran bekam ich eine Gänsehaut. Ich war gewohnt, in einer Männerwelt die Schwächste, die Benachteiligte zu sein. Ich war an raue Behandlung, Vorurteile, den Zwang, um mein Überleben zu kämpfen, gewohnt. Nichts anderes hatte ich je gekannt. Diesmal traten wir als Gleiche gegeneinander an.

»Mann!« Liam O'Riley steckte den Kopf durch die Tür. »Das ist ja das reinste Mädchenpensionat hier.« Ein Wurfgeschoss flog durch die Luft und landete vor seinen Füßen. »Bin schon weg«, fügte er hastig hinzu.

Ich setzte mich in eine Ecke unter den Haken, an dem meine Sachen hingen, und spürte, wie mir die Handflächen schwitzig wurden. Ich war total aufgewühlt. Ich wusste, dass diese Minuten sich in meiner Erinnerung später zu Stunden dehnen würden. Ich würde mich an jede Einzelheit erinnern: das Ticken der Uhr; die völlig aufgelösten Amateurreiterinnen, die ihre hauchdünnen Rennstiefel mit der schweren Ausrüstung verglichen, die sie sonst trugen; die Nervosität; das Gekicher; das Warten; die Ernsthaftigkeit; John Francomes Stimme aus dem Fernseher, der verkündete, dass Murphy's Law mit einer *Wettquote* von fünfzig für zehn auf Sieg lief.

Ich musste gut reiten – ich hatte keinen Platz für Niederlagen. Sie waren in meiner neuen Tagesordnung einfach nicht erlaubt.

»Hätte nicht gedacht, dass du zu den nervösen Typen gehörst.« Eine Frau mit grellrot gefärbten, krausen Haaren setzte sich neben mich und zog Seidenstrümpfe über knochige Knie. Sie sah alt aus.

Ich wollte mich schon wegsetzen, als mir plötzlich aufging, wer sie war: Hilary Benedict. Sie war zweimal das Grand National geritten, einmal mit achtundvierzig und einmal mit vierundfünfzig. Sie war eine Legende und sie saß direkt neben mir.

»Wie war es?«, platzte ich heraus. »Ich meine, Aintree, war es so aufregend, wie alle behaupten?« Einige Sekunden lang verschwand das Gewicht der Sorgen von meinen Schultern.

Ihre Augen leuchteten auf. Sie machte sich bereit, mir jedes kleinste Detail zu beschreiben, den Canal Turn, Valentine's Fence, reiterlose Pferde, erbarmungslose Meilen voller Sprünge, die schier endlose Zielgerade. Ich sah es an der Art, wie sie Luft holte und wie ihr Blick voller Freude in die Ferne schweifte. Erinnerungen stiegen in ihr auf. Aber dann warf der Helfer, der für die Helme, Sättel und Rennfarben zuständig war, ihr ein Bleigewicht auf die Knie und deutete auf die Waage im angrenzenden Raum.

Es war so weit. Mir wurde eiskalt vor Angst. Jetzt mussten wir uns einwiegen.

Die Reiterinnen strömten in den Nachbarraum. Ich musste aufstehen, sofort, und mit ihnen gehen, bevor ich mich verdächtig machte.

»Mir ist schlecht.« Ich sprang auf, keuchte vor lauter Adrenalin im Leib. »Frische Luft«, ächzte ich und rannte zur Tür. Ich lehnte mich an die Wand, würgte, zitterte krampfhaft und hielt mir die Seiten.

»Bist du okay?« Pixie Raymond tauchte aus dem

Nichts auf, mit seinem Clownsgesicht und den Welpenaugen. Plötzlich wurde er ernst. »Mensch, Jus, du siehst aus, als wärst du auf Droge oder so was. Sicher, dass du okay bist?« Und irgendwie half mir der Anblick eines besorgten Freundes mich zusammenzureißen.

Um den Führring standen die Wettlustigen in Zehnerreihen. Der Lärmpegel war unglaublich. Jemand pfiff auf den Fingern, als Pippa Funnell auftauchte und auf ein graues Pferd zulief. Aber die meisten Leute starrten gebannt auf einen riesigen Fuchs, der kraftvoll ausschritt, ein Schaffell um den Nasenriemen und eine gestreifte Decke auf dem Rücken. Murphy's Law. Der Superstar. Das Pferd, das ich entdeckt und aus dem Nichts ins Rampenlicht gebracht hatte. Wie immer stieg Stolz in mir hoch und prickelte mir in den Augen. Ich zwinkerte rasch und biss die Zähne zusammen. Irgendwie hatte ich das Einwiegen bestanden. Jetzt musste ich ein Rennen gewinnen.

»Er spinnt total.« Scooby, der Murphy um den Ring geführt hatte, brachte ihn mit rotem Gesicht und atemlos in die Mitte. »Was haben Sie ihm bloß gefüttert, Chef, Raketentreibstoff?« Wie um seine Worte zu bestätigen sprang Murphy à la Spanische Hofreitschule mit allen vieren gleichzeitig in die Höhe und schlug mit aller Kraft nach hinten aus.

Der Chef sah sorgenvoll wie immer aus; er fuhr sich mit der Hand durch das wilde stahlgraue Haar und wirkte, als wolle er sich von einer Klippe stürzen. Er war noch angespannter als sonst und musterte ununterbrochen die anderen Pferde, ob sie eine Gefahr für uns darstellten. Noch bevor er den Mund aufmachte, wusste ich, dass es kein Spaziergang werden würde. Aber es diente einem guten Zweck und allein unsere Teilnahme brachte Tausende von Pfund in den Fond. Sharpie O'Hare, ein irischer Jockey, der auf eben dieser Rennbahn in der Vorsaison böse gestürzt war, sollte den Pokal überreichen. Einen besseren Zweck als den Hilfsfond für verletzte Jockeys gab es nicht.

»Bleib außen«, knurrte der Chef und wandte sich hastig von einem Pferdebesitzer in einem knöchellangen hellgrünen Mantel ab. Der Chef war so abergläubisch, dass er absichtlich Umwege fahren würde, nur um die Farbe Grün zu vermeiden. Er schwor, dass sie Unglück brachte.

»Ruhig, Junge, ganz ruhig jetzt.« Ich presste eine Hand gegen den harten, muskulösen Nacken und fühlte erschrocken den schaumigen Schweiß, der Murphys kastanienrotes Fell dunkel färbte. Er schwitzte sogar um Augen und Ohren, was er sonst nie tat.

»Reiter bitte aufsitzen!«, rief ein Steward.

Der Chef trat auf uns zu, um mich in den Sattel zu werfen. Ich war grässlich nervös. Ich holte tief Luft und hüpfte auf einem Bein. Murphy hampelte hin und her, als hätte sich der durchweichte kurze Rasen plötzlich in glühende Kohlen verwandelt. Er verdrehte die Augen, bis man das Weiße sah, und schlug mit den Vorderbeinen durch die Luft. Jemand rief etwas auf der Haupttribüne gefolgt vom tosenden Gebrüll der Menge rund um die Bahn.

Endlich saß ich oben. Murphy schritt in der Reihe der Rennpferde über den betonierten Weg auf die Bahn zu. Er war vor allen Rennen aufgeregt. Es war ein gutes Zeichen. Gesund. Glück verheißend.

Ein Bild von Dolphin Barn schoss mir durch den Kopf. Alle saßen jetzt im Wohnheim vor dem Fernseher zusammengedrängt, umklammerten ihre Wettscheine und nickten erwartungsvoll vor sich hin. Murphy hatte sie noch nie enttäuscht. Larry riss Witze über meine knochigen Beine und Mandy suchte den Bildschirm nach Prominenten ab. Nach dem Rennen nahm Larry dann den verbeulten Landrover des Chefs und holte in Cheltenham die Gewinne ab. Dass wir verlieren könnten, kam ihnen gar nicht in den Sinn.

Aber etwas stimmte nicht mit Murphy. Da war ich mir ganz sicher. Es war ein Gefühl wie eine verschwommene Vision. Und niemand außer mir wusste davon.

»Lass ihm seinen Kopf, er wird sich gleich beruhigen.« Der Chef, der gnädigerweise nichts von meinen düsteren Vorahnungen wusste, schrie mir letzte Anweisungen zu.

Murphy stürmte auf den Start zu, die Trense fest zwischen die Zähne geklemmt. Inzwischen dampfte er. Ich spürte, wie die Hitze durch die dünne Rennseide aufstieg und sich mir wie Tau auf die Haut setzte. Während die übrigen Pferde schnaubten und herumtänzelten, verschwanden wir in einer Dampfwolke. Der aufgeweichte Boden wurde von einem wilden Ballett aus Hufen aufgewühlt. Wir ritten gemeinsam zum ersten Sprung und wendeten, um uns hinter dem Startband aufzureihen. Hilary Benedict scherte aus um außen zu reiten und nahm mir den Platz an der äußeren Rail weg. Ich musste einen neuen Plan machen. Murphy brach in Panik aus, scheute rückwärts und verfehlte nur um ein Haar eine Fernsehkamera. Er war daran gewöhnt, an den Rails zu laufen.

»Bitte, lasst uns endlich starten, bevor wir disqualifiziert werden«, betete ich stumm. Es kam mir vor, als laufe weiß glühende Lava durch Murphys Adern, die sich jeden Moment in einem Vulkanausbruch entladen konnte. »Hoch mit dem Band! Jetzt! Bitte!«

»Auf die Plätze ...«

Pippa Funnells Pferd brach seitlich aus.

»Los!«

Murphy scheute vor einem Union Jack. Die Reihe Pferde stürmte vorwärts. Wir starteten auf dem falschen Fuß, wurden eingeklemmt, abgehängt.

»Komm schon!« Ich flatterte mit den Beinen wie mit Flügeln. »Los! Renn!« Ich wollte verzweifelt zurück ins Rennen. Keinesfalls würde ich mich einfach so geschlagen geben. Acht durchtrainierte Rennpferde stoben vor uns her. Und dann riss sich Murphy plötzlich zusammen. Als sich auf der Haupttribüne tosendes Gebrüll erhob, schossen wir los.

Wir waren wieder im Rennen, jagten der Spitze hinterher, aber ich hatte jede Kontrolle verloren.

Ein Schwall eisiger Luft sog mir den Atem aus der Kehle. Die Gläser meiner Schutzbrille waren voller Schlamm und Erde und etwas schlug mir gegen die Unterlippe. Ich sah nichts und bekam keine Luft, fühlte nur, wie sich Murphy dem ersten Hindernis entgegenwarf, als schnappe ein Rudel Wölfe nach seinen Fersen. Wir überholten zwei Pferde in der Luft.

Ich musste ihn wieder unter Kontrolle bekommen. Dieses Tempo war wahnsinnig. Selbstmord. Würde uns ins Grab bringen.

Ich nahm die Zügel kürzer. Keine Wirkung. Wenn ich nur an die Spitze käme, würde ich Murphy wenigstens lenken können und er würde sich beruhigen. Als wären meine Gebete erhört worden, öffnete sich vor uns eine schmale Lücke. Jetzt musste ich mit der sekundenbruchteilschnellen Entschlossenheit reiten, die einen Toprennreiter auszeichnet. Ich trieb mit Händen und Füßen. Schob. Drängte. Murphy reagierte.

Erst einige Sekunden danach erkannte ich den Fehler. Die Lücke war zu eng. Von beiden Seiten drängten Pferde heran.

Wir saßen wie in einem Trichter fest und waren viel zu schnell, um irgendwas dagegen tun zu können. Murphy trat dem Pferd vor uns in die Hacken und stolperte, brach auf die Knie und rutschte über den klumpigen Boden. Es war vorbei. Die Schwerkraft schleuderte mich nach vorn über seinen Kopf und ließ mich gnadenlos auf dem Hintern aufprallen. Wir waren gestürzt, blieben mit noch einem Pferd und einer gestürzten Reiterin hinter dem sich entfernenden Pulk sitzen. Es war Hilary Benedict. Mir wurde schlecht, als ich begriff, dass wir ihren Sturz verursacht hatten. Man würde mich wegen rücksichtslosen Reitens lynchen. Vor meinen Augen tauchte das Bild endloser Massen zerrissener Wettscheine auf, die wie schwerer, nasser Schnee herabregneten. Und das Bild Tausender wütender Gesichter. Ich hatte völlig versagt. Die Rennleitung würde das mit Sicherheit untersuchen. Mich vielleicht sogar sperren.

»Harte Taktik.« Liam O'Riley begegnete mir auf dem Weg von der Bahn und drückte mir ein Taschentuch in die Hand. »Hier, wisch dir den Schlamm aus dem Gesicht.« Seine Stimme war voller Mitgefühl, aber ich spürte, was er dachte. Ein Teil des hart erkämpften Respekts, für den ich eimerweise geschwitzt hatte, war verloren. Ich war schlecht geritten und leichtsinnig dazu. Wenn er so dachte, dachten andere genauso.

Ich trottete niedergeschlagen und krank im Herzen zum Büro der Rennleitung. Nass und durchgefroren, wie ich war, wollte ich nur noch nach Hause.

Die Stewards ließen mich eine Ewigkeit warten. Endlich holte mich ein Beamter mit Schmachtlocke und teigiger Haut in ein steril aussehendes Büro, wo auf einem tragbaren Fernseher eine Wiederholung des Rennens lief. Drei Männer befanden sich im Raum. Ich hätte mich am liebsten eingerollt um zu sterben. Ich musste mir das Rennen zweimal in Zeitlupe ansehen und erklären, was passiert war. Die Stimme verweigerte mir fast den Dienst. Im Fernseher sah es noch schlimmer aus – die Lücke war kaum groß genug für ein Fahrrad, geschweige denn für ein Pferd. Anschließend musste ich auf dem Gang warten.

»Wir werden uns diesmal noch mit einer Verwarnung begnügen«, verkündete mir dann der älteste Steward, nachdem sie mich wieder hineingerufen hatten. »Es war eher Leichtsinn als Absicht, aber Sie müssen sich in Zukunft vorsehen. Das nächste Mal werden wir nicht so nachsichtig sein.«

Jetzt wusste ich, wie es Rory gegangen war. Es war so leicht, in der Hitze des Rennens einen Fehler zu machen. Und es kam noch schlimmer.

»Wenn es Ihnen nichts ausmacht, Miss Brooks, wir machen einige Stichproben unter den Reitern gemäß der neuen Dopingverordnung. Wenn Sie jetzt die Liebenswürdigkeit besäßen, einen Moment ins Nachbarzimmer zu kommen, es dauert nicht lang ...«

Entsetzen durchfuhr mich. Ich wollte sagen, klar, kein Problem, bekam aber keinen Ton heraus. Das konnte nicht wahr sein. Hatte mich jemand angeschwärzt? Versuchte da jemand meine Rennkarriere zu sabotieren? Mit Murphy war definitiv etwas nicht in Ordnung gewesen – jemand hatte sich an ihm zu schaffen gemacht, da war ich sicher, aber wie, wollte ich mir nicht mal ausmalen. Wie in Trance ging ich auf die geschlossene Tür zu.

Beim Eintritt in das Zimmer lächelte mich eine Dame an. Sie schien gar nicht zu bemerken, wie nervös ich war. »Miss Brooks, bitte kommen Sie doch herein und setzen Sie sich.«

Auf Puddingbeinen ging ich auf den Stuhl zu und ließ mich dankbar darauf niedersinken.

Ich musste mich zusammenreißen, meine Gedanken sammeln, alles in der Vorstellung nochmals ablaufen lassen, nur um sicherzugehen. Die Spülung, das Silberpapier und die Tabletten, die sich im Strudel drehten und dann in der Doppelkrümmung verschwanden. Glücklicherweise hatte ich die dummen Entwässerungstabletten ins Klo gespült. Ich hatte gegen die Versuchung angekämpft und es irgendwie, Gott sei Dank, geschafft, auch ohne sie mein Gewicht zu erreichen.

Ich humpelte wie betäubt in die Waage zurück, den Rennhelm in einer Hand, und brabbelte leise vor mich hin. Ich hatte mir vor dem Einwiegen Pixies ultraleichte Reitstiefel ausleihen müssen, um unter den erforderlichen dreiundsechzigeinhalb Kilo zu bleiben. Jetzt zwickten sie mir wie Krabben in die Zehen. Außerdem starb ich vor Hunger.

Als ich mit einem groß gewachsenen Mann im dunklen Anzug und Sonnenbrille zusammenstieß, bekam ich es zuerst gar nicht mit. Er tauchte aus dem Nichts auf und entschuldigte sich nicht mal. Er schob mir einen Umschlag in die Hand, murmelte etwas und verschwand in der Menge. Es dauerte nur einen Augenblick.

In der Hand hielt ich einen braunen A4-Umschlag. Vorne drauf stand mein Name. Verwirrt bohrte ich den Daumen in das Papier und riss ihn auf. Ich zog ein weißes Blatt heraus. Die Buchstaben und Worte darauf waren aus Zeitungspapier ausgeschnitten und formten einen unzusammenhängenden Satz.

NÄCHSTES MAL VERLIERE ABSICHTLICH
ODER FUCHS PFERD LEIDET.

Ich schüttelte mich ungläubig, kam mir beschmutzt vor; ich war wütend und verängstigt. Bekam kaum Luft. Das war kein Scherz oder dummer Streich. Das war ernst. Es war schrecklich, entsetzlich bedrohlich. Jemand versuchte mich zu erpressen.

5

Shergar kam mir in den Sinn, das Rennpferd, das heimtückisch gekidnappt und, als das Lösegeld nicht bezahlt wurde, umgebracht worden war, vor fast einem Vierteljahrhundert. Und Murphy – und Murphys leere Box. Ich stellte mir die Art Mensch vor, die damit drohte, ein wunderschönes Rennpferd zu töten, und die das auch fertig brachte.

Es war neun Uhr abends. Ich war zurück auf dem Hof und hatte noch immer keinem Menschen von dem Brief erzählt. Irgendwie hatte ich das Gefühl, es würde wirklicher und bedrohlicher werden, sobald ich davon sprach.

»He, Justina, was klebt da auf deinem Rücken?« Ich verdrehte den Hals und erkannte ein glänzendes »Vorsicht Anfänger«-Schild auf der rechten Schulter.

»Meine Güte, ist das lustig, Larry, hahaha, echt, ich sterbe vor Lachen.«

Ein Haufen Stalljungen quetschten sich in Larrys Auto und fuhren ins »Jockey's Rest« auf ein Bier und eine Partie Billard. Keiner sprach mit mir. Sie behandelten mich wie eine Aussätzige. Ich wusste, dass einige von ihnen bei dem Rennen heute Nachmittag einen Wochenlohn auf mich und Murphy gesetzt und verloren hatten.

Der ganze Hof war hell beleuchtet, während Stallmeister Badger noch mal jedes einzelne Pferd kontrollierte, bevor er Feierabend machte. Lange Schattenfinger strichen über Murphys Box und ließen ihn schwarz und verschwommen aussehen. Jedes beliebige Pferd hätte in diesem Moment dort drin stehen können. Hinter mir rief eine Eule in den Pappeln. Die Ketten am Sicherheitstor rasselten leise in der nächtlichen Brise.

Als ich mich umdrehte, kam Scooby geräuschlos aus Murphys Stall und ging in Richtung Wohnheim davon. Zuerst erkannte ich ihn gar nicht. Er hatte die übliche rote Bommelmütze nicht auf dem Kopf und trug einen fremden Mantel. Dann durchfuhr mich ein scheußlicher Gedanke. Es musste gar kein Fremder sein. Der Erpresser konnte mitten in Dolphin

Barn sitzen und warten, ein Freund, ein Kollege, darauf warten, mit Gift in der Hand in Murphys Box zu schlüpfen ... Voller Sorge eilte ich heim.

Mandy zog ein Gesicht, als ich ins Cottage kam, und deutete nach oben. »Shona ist da.« Sie war höflich, aber distanziert, was überhaupt nicht zu ihr passte. Offensichtlich war sie doch noch eingeschnappt, weil Rory Ben behindert hatte.

»Was?«

»Tesafilm.«

Ich stöhnte laut.

»Wie ich sehe, kommst du auf der Rennbahn ganz nach deinem Freund«, fügte Mandy hinzu und hob die freche kleine Stupsnase.

Ich lief rot an, vor allem, als Ben in die Küche kam und einen Witz über Bulldozer Brooks riss.

Die Küche war noch mülliger als sonst. Jemand hatte Frühstücksspeck gebraten und die Pfanne mit dem geronnenen Fett einfach in die Spüle gestellt. Smokey leckte begeistert daran. Auf dem Tisch stand eine Packung Margarine offen herum und jemand hatte sie voller schwarz verbrannter Toastkrümel gebröselt. Shona.

Einige gesegnete Augenblicke lang vergaß ich den Umschlag in meiner Sporttasche und dachte an nichts anderes als an die schlimmste Mitbewohnerin der Welt, die sich einbildete, sie könnte einfach so zurück ins Cottage tänzeln, eine Spur der Unordnung hinter sich herziehen und uns wie Dienstboten behandeln.

»Glaub bloß nicht, dass du damit dieses Mal

durchkommst …«, explodierte ich und stürzte die Treppe hinauf in ihr Zimmer. »Shona?« Das Zimmer war leer und das Fischglas auch.

Shona war im Bad, das nur etwa die Größe einer Telefonzelle hatte, und steckte mit dem Arm im Klo.

»Mörderin! Falls du sie runtergespült hast …« Ich brach ab.

Sie streckte mir die tropfende Hand entgegen. Darin hielt sie etwas Glänzendes. Sie sah wütend aus. Es war das Silberpapier von den Tabletten.

Meine Empörung verwandelte sich in Erstaunen. »Was für ein Spiel treibst du da?«

Das war eine andere Shona als die, die ich kannte. Sie hatte keine Spur Make-up im Gesicht und die Haare straff nach hinten gebunden. Ich zuckte überrascht zusammen, bevor die Panik einsetzte.

»Ich hätte nicht gedacht, dass du so dumm bist …«

»Du missverstehst das, ich habe nicht …« Ich atmete stoßweise.

»Da fehlen ein paar. Um Himmels willen, Justina, du kannst doch nicht so blöd sein!«

»Ich hab sie nicht genommen! Ehrlich nicht!«, kreischte ich. »Vielleicht haben sie sich im WC-Reiniger aufgelöst, was weiß ich!«

»Kein Mensch in diesem Haus benutzt beschissenen WC-Reiniger.«

»Und was tust du überhaupt mit dem Arm im Klo?« Ich musste mich an die Heizung lehnen um nicht umzufallen.

»Mir ist das Armband reingefallen, okay?! Ganz

ehrlich, ich glaub dir einfach nicht. Mensch, du hast doch alles: das richtige Aussehen, Ausstrahlung, ein gutes Pferd, Begabung. Weißt du eigentlich, dass Leute für deine Begabung einen Mord begehen würden?!«, brüllte sie mich an.

Ihre Intensität erschreckte mich. Mit der Säure in ihrer Stimme hätte man die Tapete von der Wand ätzen können.

»Ich hab sie nicht genommen. Du musst mir glauben.«

»Ich werde es niemandem sagen.« Shona warf ungläubig den Kopf in den Nacken. »Jedenfalls nicht im Moment.«

Und plötzlich ging mir auf, dass sie nur auf den rechten Zeitpunkt warten würde. Wenn sie mir den meisten Ärger damit machen konnte. Ich verließ rückwärts das Bad und schloss die Tür hinter mir. Ein eiskaltes Gewicht legte sich mir auf die Brust. Wann immer sie wollte, konnte sie zum Chef gehen und es schlimmer aussehen lassen, als es war. Ich hatte bisher nicht begriffen, dass Shona mich nicht leiden konnte. Ich meine, mich ernsthaft nicht leiden konnte, nicht nur einfach nicht besonders mochte. Das war Hass, nicht Abneigung. Und jetzt teilten wir uns auch noch das Haus.

Unten blätterte Mandy im Frühjahrskatalog und lackierte sich die Fußnägel. Ben lungerte auf der Couch und sah sich Wiederholungen der heutigen Rennen an. Fetzen des Kommentars drangen zu mir hoch: »*… und er hält das Feld … hat den Gegner im*

Griff … scheint Sprungfedern in den Beinen zu haben … sein dreizehnter Sieg … One Lord gewinnt … in gewohnter Manier …«

Ben grinste blöd angesichts des eigenen Erfolgs. Aber der würde nicht lange andauern, wenn Rory erst zurück im Rennen war.

»Ist mit dir alles in Ordnung?« Trotz ihrer Verstimmung sah Mandy mich besorgt an. »Ich frage nur, weil du schreckhaft wie ein Reh im Löwenkäfig bist seit dem letzten Rennen.«

»Ich bin in Ordnung, alles in Ordnung.« Ich stand hilflos mitten im Raum.

»Geh weg da«, grunzte Ben, als das Bild im Fernseher flackerte und sich auflöste.

Ich ließ mich in einen freien Sessel fallen. Rory hatte ihn aus dem Müll gerettet und Mandy hatte kunstvoll eine Decke dafür bestickt, damals, vor Ben.

Zehn Uhr. Ich rang verzweifelt mit mir, ob ich mit dem braunen Umschlag zum Chef gehen und ihm alles erzählen solle. Ich sah ihn genau vor mir, wie er sich die zerkratzte Brille aufsetzte, schnaubte und fluchte, aber die Verantwortung übernahm, mir sagte, was ich tun sollte. Nur – er war nicht da. In der einzigen Nacht, in der ich ihn wirklich brauchte, war er ausgegangen.

Fußtritte. Knirschender Kies.

»Habt ihr das gehört?« Ich sprang bebend auf.

Mandy und Ben waren zu sehr in den Fernseher vertieft um mitzukriegen, dass ich völlig kopflos vor Panik war.

Ich hörte, wie etwas durch den Briefschlitz geschoben wurde und schwer auf den Flurteppich fiel.

»Nur die neuen Wettscheine. Oder Pizzawerbung«, brummelte Ben und verrenkte den Hals, damit ich begriff, dass ich im Bild stand.

Ich zwang meine leblosen Beine zurück in den Dienst. Es hatte keinen Zweck, sich zu verstecken, nach oben zu rennen und die Tür abzusperren. Wenn es wirklich ein brauner Umschlag war, würde er da liegen bleiben, bis ich wieder herunterkam.

Ich kroch durch die Küche und sprang fast aus den Latschen, als die Uhr auf der Mikrowelle piepte. Ich musste mich unbedingt beruhigen. Ich atmete schwer und schob mich wie ein Zombie auf die vordere Haustür zu, die wir nie benutzten, weil die Scharniere kaputt waren. Es roch nach Moder, nassen Jacken und Smokeys Katzenklo. Voller Grauen streckte ich die Hand aus und knipste das Flurlicht an.

Da lag er. Auf der Fußmatte. Ein brauner Umschlag mit der Aufschrift: »Justina Brooks. Privat und vertraulich.« Durch die marmorierte tintenschwarze Glastür sah ich gelbe Scheinwerfer und hörte Reifen quietschen, als jemand mit Vollgas aus dem Hof fuhr.

Sie wussten, wo ich wohnte. Sie kannten jede meiner Bewegungen. Wahrscheinlich hatten sie sogar zugesehen, wie ich mit Mandy und Ben sprach.

Ich riss den Umschlag auf und zog hastig den Inhalt heraus, mit zitternden Händen.

DU WIRST BEOBACHTET.
WENN DU EIN WORT ZU JEMAND SAGST,
BEZAHLT DEIN PFERD.

Ich schlug die Hand auf den Mund, um ein ersticktes Aufjaulen zu unterdrücken. Die Beine trugen mich fast nicht mehr. Millionen Gedanken flitzten mir durch den Kopf und stritten um den Vorrang. In der Kehle wuchs mir ein fußballgroßer Klumpen. Woher wussten sie, dass ich zum Chef gehen wollte? Als könnten sie meine Gedanken lesen. Ein heiseres Flüstern bahnte sich den Weg durch meine Kehle: »Diese Schweine.« Und lauter: »Ihr Schweine, ihr verdammten Schweine!«

Eine trotzige Wut gesellte sich zu der Angst. Die Vordertür knarzte, als ich sie mit Gewalt aufdrückte. Ich dachte nur noch an Murphy. Wenn sie am Haus gewesen waren, warum nicht auch im Stall? Was sollte sie daran hindern, ihm jetzt schon wehzutun, als eine Warnung, ein Vorgeschmack? Warum mussten sie warten, bis ich ihre Spielregeln brach?

Ich rannte, raste über das nasse Gras, die gekieste Auffahrt, schwang Arme und Beine wie Dreschflegel in einer verrückten Raserei der Angst auf die Eckbox zu, die das wertvollste Pferd des ganzen Stalles beherbergte. Ich konnte ihn nicht sehen, nicht mal den dunklen Umriss, wo er sonst am Heunetz stand und kaute. Das Sicherheitslicht sprang an. Pferde wurden unruhig. Wiehern, Schnauben. Ich zog den Riegel zurück. Das Gefühl von Übelkeit im Magen stieg jetzt hoch bis in den Mund. »Mur…«

Da lag er, die Vorderbeine gemütlich unter sich gezogen. Einstreu klebte ihm an Mähne, Maul und Nüstern. Er zwinkerte rasch und setzte zum Aufstehen an, besann sich dann aber eines Besseren.

»Murphy!« Ich warf ihm die Arme um den Hals und drückte ihn, fuhr mit der Hand an seiner wundervollen Blesse auf und ab und zog ihn zärtlich an den Ohren. Dann wühlte ich das Gesicht unter seine Mähne und zitterte vor Erleichterung. Typisch Murphy warf er mir nur einen mitleidigen Blick zu und schnaubte verdrossen.

Wenn etwas passiert wäre ... Aber dann brach sich ein anderer Gedanke Bahn. Sie konnten trotzdem schon da gewesen sein, jetzt, in diesem Moment konnte ein heimtückisches Gift in seinen Adern kreisen und sich darauf vorbereiten, seinen guten Gesundheitszustand zu ruinieren, anzugreifen, zu töten ... Ich zog ihm mit dem Daumen das Augenlid herab – lachsrosa. Oder war es rot? Die Panik tötete meine Urteilsfähigkeit. Ich konnte es nicht sagen. Da gab es nur eins, ich musste den Tierarzt holen. Das war ein Notfall – ich durfte keine Sekunde verschwenden ...

Es dauerte eine Stunde und zehn Minuten, bis er kam. Eine Zuchtstute mit Kolik hatte Vorrang gehabt. Mittlerweile hatte ich mich so hineingesteigert, dass ich überzeugt war, Murphy würde jeden Moment zusammenbrechen. Der Tierarzt maß seine Temperatur und kontrollierte den Herzschlag. Er tastete ihm eine Ewigkeit den ganzen Leib ab. Die

Zeit stand still. Schließlich packte er alles wieder in den schwarzen Koffer.

»Dem Pferd fehlt nichts«, bemerkte er und drückte in dem einen Satz aus, dass er seine Zeit hätte besser nutzen können. Ich fragte mich, ob ich jetzt vor Freude jubeln, vor Erleichterung weinen oder mich wie eine totale Idiotin fühlen sollte. Aber Murphy war in Ordnung, nichts anderes zählte.

Mitternacht war vorüber, als ich ins Cottage zurückkroch. Die Lippen waren mir beinahe aneinander gefroren. Ich füllte den Wasserkessel und schlurfte zur Spüle um eine Tasse zu waschen. Mein Verstand arbeitete im Akkord auf der Suche nach einer Antwort. Warum konnte jemand wollen, dass Murphy das nächste Rennen zwar rannte, aber jämmerlich verlor? Vielleicht ging es um Wetten, vielleicht wollte jemand den Favoriten aus dem Weg räumen, sichergehen, dass er nicht gewann? Oder war es eine persönliche Racheaktion? Wollten sie meine Karriere ruinieren, weil sie die Vorstellung nicht ertrugen, dass ein Mädchen die großen Rennen gewann? Es gab haufenweise Jockeys, die sich nur zu sehr freuen würden, wenn ich von der Spielfläche verschwand – am besten für immer. Mir grauste bei der Vorstellung eines gesichtslosen Erpressers, getrieben von Hass und Eifersucht.

Denk nach, denk um Himmels willen nach! Ich zermarterte mir das Gehirn nach dem Gesicht des Mannes, der mir auf dem Rennen den Umschlag in die Hand gedrückt hatte. Aber vergebens! Ich wusste nur, dass er über einsachtzig groß gewesen war und eine dunkle Brille aufhatte.

Bumm! Bumm! Bumm!

Jemand hämmerte gegen die Hintertür. Durch das Milchglas erkannte ich verschwommen eine große, dunkle Gestalt. Ich kreischte auf, stolperte rückwärts und tastete nach der Besteckschublade, fand aber nur einen Dosenöffner als Bewaffnung. Ich holte tief Luft, um nach Mandy oder Shona zu schreien, als Scoobys vertrautes Gesicht im Fenster auftauchte. Vor Erleichterung sank ich fast an der Kühlschranktür entlang zu Boden.

»Was ist denn los?«, erkundigte er sich, als ich die Tür öffnete. »Ich hab eben den Tierarzt wegfahren gesehen. Was ist passiert?« Er stieß gegen den Resopaltisch, zu aufgeregt um sich hinzusetzen. »Ist mit Murphy alles in Ordnung?« Sein Mund war hart, aber seine Augen verrieten Sorge.

Scooby war zwar bei allen beliebt, gehörte aber nicht zu Larrys Clique und war nach Mandy mein bester Freund hier im Stall. Er liebte Murphy fast so sehr wie ich.

»Er ist okay. Falscher Alarm.«

»Ach so.« Er schaute mich einen Augenblick lang schweigend an, dann: »Dir ist schon klar, dass der Chef ausflippen wird? Zwei überflüssige Tierarztrechnungen in ebenso vielen Wochen?«

»Ich werd's überleben.«

Ich betete, dass er ging, mich allein ließ, aber er zögerte, schaute mich besorgt an.

»Ich dachte, du hättest vielleicht dasselbe entdeckt wie ich, ich meine, bei Murphy, was ich auch …«

»Was?« Ein Schauder rann mir die Wirbelsäule hinab.

»Ich wollte es heute Abend dem Chef sagen.« Scooby lehnte sich vor und griff nach einem Stuhl, plötzlich froh sich etwas von der Seele zu reden. Eine böse Vorahnung ergriff mich. »Heute beim Rennen, irgendwas war komisch mit Murphy. Er war nicht wie sonst. Er war aufgezogen wie eine Sprungfeder, halb durchgedreht.«

Ich nickte mit pochendem Herzen.

»Jedenfalls, ich hab ihn genau untersucht und …«

»Was?«

»Nun …« Er holte tief Luft, öffnete den Mund, schloss ihn wieder.

»Sag schon!«

»Hast du je davon gehört, was passiert, wenn man einem Pferd Ingwer unter den Schweif reibt?«

»Du meinst Ingwer, so wie kandierter Ingwer oder Ingwerkuchen?« Das war verrückt! Worauf wollte er bloß hinaus?

»Ganz genau. Ist ein alter Trick, so alt wie die Welt. Reib ihm Ingwer unter den Schweif und jedes Pferd dreht durch. Sicheres Mittel, damit es steigt, durchgeht, sich benimmt wie ein Psychopath.«

Ich bemühte mich äußerlich ruhig zu bleiben, aber innerlich war ich in Aufruhr. »Du meinst also, jemand hat das mit Murphy gemacht, Scooby, jemand hat an ihm herumgepfuscht?«

»Schätze, ja. Schau!« Er wühlte in der Jackentasche und holte eine Hand voll winziger goldener Körnchen heraus, vermischt mit anderem Zeug und einigen Pferdehaaren. »Hier ist der Beweis. Das ist von Murphy. Kein Wunder, dass der arme Kerl durchgedreht hat. Das ist schlimmer als Juckpulver.«

Ich starrte ungläubig darauf. Vor Entsetzen zog sich mir der Magen zusammen. Sie hatten einen Weg zu Murphy gefunden, sie waren bei ihm gewesen, hatten ihn angefasst, bevor ich auch nur etwas ahnte. Der Erpresserbrief war keine leere Drohung. Wenn sie das tun konnten, konnten sie ihn auch umbringen. Ich fühlte mich krank bis in die Knochen.

Scooby musterte mein Gesicht, als erwarte er, dass ich wie üblich in die Luft gehen würde.

»Scooby.« Meine Stimme klang schwach und weit weg. »Du musst mir etwas versprechen, ich flehe dich an: Du darfst dem Chef kein Wort sagen.« Ich krächzte, so trocken war mein Hals. »Sag keinem was, keiner Menschenseele. Nicht, bis ich nicht herausgefunden habe, was da vor sich geht.«

6

»Wo ist dieses vermaledeite Mädchen?« Der Chef hatte einen seiner Anfälle. Alle Augen im Hof richteten sich auf Murphys Box.

»Hier bin ich, Sir.« Ich hob die Hand wie in der Schule und zog mit der anderen den Sattelgurt an.

»Nicht du, Brooks. Wo steckt die Mannings?« Der Chef spuckte Gift und Galle. Chelsea flitzte kläffend im Kreis herum und ließ drei erschrockene Rennpferde gegeneinander schlittern. »Habt ihr eine Vorstellung davon, was diese Rennpferde wert sind?«

»Jedenfalls mehr als dieser räudige Köter«, knurrte Larry und knackte mit den Fingern.

»Was war das, Hancock?«

»Viel mehr, als wir wert sind, Sir.«

Der Chef hörte schon nicht mehr hin. Er fummelte an dem elektronischen Schlüssel für den nagelneuen Landrover herum und löste versehentlich den Alarm aus. Sergeant Peggy und Mayflower stiegen kerzengerade in die Höhe. Murphy schoss vor lauter Angst, etwas zu verpassen, wie eine Rakete aus seiner Box.

Genau in diesem Moment raste ein Taxi mit quietschenden Reifen durch die Einfahrt, Shona sprang heraus und keuchte Entschuldigungen. Sie behauptete, sie käme vom Bahnhof, wo sie ihre Schwester zum Morgenzug gebracht hätte.

»Sie erzählt einen Haufen Scheiße«, höhnte Mandy leise, als wir zehn Minuten später in einer Reihe von zwanzig Pferden aus dem Hof klapperten. »Ich hab sie kurz nach sechs verschwinden sehen. Ganz sicher nicht zum Bahnhof, so viel ist klar. Und wenn das nicht frischer Schlamm auf ihren Jodhpurs ist, heiße ich Kylie Minogue.«

»Aber wo war sie dann?« Ich warf einen verstohlenen Blick auf Shona, die neben Larry her ritt und in eine private Unterhaltung mit ihm vertieft war. Scooby beobachtete sie auch. Konnten die beiden unter einer Decke stecken? Larry war ein Spieler und immer verschuldet. Arbeitete er womöglich für einen Buchmacher? Murphy startete im nächsten Rennen garantiert wieder als Favorit, trotz des missglückten letzten Auftritts. Wenn sichergestellt war, dass er verlor, konnte sich jemand eine schöne Stange Geld verdienen.

Ich schüttelte den Kopf, um diese verdrehten Ideen loszuwerden. Ich musste mich konzentrieren. Auf jetzt. Auf diesen Moment. Mehr als alles andere auf der Welt wollte ich den Gold Cup mitreiten und dafür musste ich den Chef beeindrucken und ihn überzeugen, dass es ein Fehler war, nur Rory und Sergeant Peggy hinzuschicken.

Ich kickte Murphy in die Flanken und donnerte mit ihm zum Anfang der Reihe.

Schau doch nur, wie er läuft!, dachte ich.

Wir konnten jedes Rennen der Welt gewinnen, weil wir ein Team waren und aneinander glaubten. Murphy würde wie der Wind für mich rennen und die Cheltenhamer Steigung wie nichts hinaufdonnern. Ich spürte es in den Knochen. Er konnte siegen. Er würde siegen.

»Chef will dich sehen«, sagte Stallmeister Badger später, als er aus der Futterkammer kam. Er zog den Futterwagen hinter sich her, der unter den Eimern voller Hafer, Gerste, Zuckerrübenschnitzeln, Kleie und einer geheimnisvollen Mixtur, deren Zusammensetzung nur der Chef persönlich kannte, fast zusammenbrach. Wir nannten sie Raketentreibstoff. Und wieder entsetzte mich, wie leicht man in einen der Eimer etwas hineinmischen konnte. Nur ich und Scooby bewachten Murphy. Das war einfach nicht genug.

»Komm rein!« Die barsche Stimme des Chefs erklang von der anderen Seite der Bürotür.

Ich nahm den Reithelm ab und trat ein.

»Wie kommt es, Brooks, dass ein Nein von mir dich automatisch dazu treibt, mir das Gegenteil beweisen zu wollen?« Er legte los, kaum dass ich mich gesetzt hatte. »Haben dir deine Eltern nicht beigebracht, dass man nicht alles, was man sich in den Kopf setzt, haben kann?«

Ich stöhnte. Mum und Dad hatten alles in ihrer Macht Stehende getan, damit ich nicht Jockey würde. Aber ich hatte mich ihnen widersetzt und war höchstens noch entschlossener geworden. Dadurch war unser Verhältnis sehr schwierig geworden. Ohne es zu wissen hatte der Chef gerade einen empfindlichen Nerv getroffen.

Chelsea knurrte unter dem Tisch und ich zog die langen Beine vorsichtig auf sicheren Abstand zurück.

»Häh?«, schnaubte der Chef ohne ersichtlichen Grund.

Ich wartete. Ich starrte auf das Bild eines Grand-National-Siegers, das über dem Kamin hing. Ich nippte an dem Kaffee, den er mir hingestellt hatte und der stark genug war, Magengeschwüre zu produzieren.

»Genau betrachtet bist du nur ein blutjunges Lehrmädchen, dem jeder Begriff von Disziplin abgeht. Da liegt das Problem.« Die grauen, wässrigen Augen quollen ihm fast aus dem Kopf. »Machst du dir irgendeinen Begriff davon, welche Chance ich dir biete?«

»Ja, Sir, ich meine, nein, Sir.«

»Ich habe für dich meinen Namen riskiert. Ich bin dafür über jedes erträgliche Maß hinaus verspottet und kritisiert worden. Ich habe an dich geglaubt und dich voll und ganz unterstützt.«

»Dafür bin ich Ihnen sehr dankbar, Sir.«

Er hörte nicht hin. »Tatsache ist, du bist die talentierteste Reiterin, die ich seit Lester Piggot gesehen habe, und du steckst die meisten Männer locker in die Tasche. Eines Tages kannst du alles erreichen, vielleicht sogar das Grand National, aber meine Aufgabe ist, dich zu beschützen, sicherzustellen, dass du nicht verletzt wirst.«

Bei dieser Bemerkung schluckte ich. »Meinetwegen reite den Gold Cup, wenn du unbedingt willst, aber dann will ich, dass du fit bist wie ein Turnschuh. Ich will dich absolut konzentriert; ich will, dass du dich von den anderen Reitern fernhältst und dass du am Samstag in Sandown mitreitest. Damit ihr beide angeheizt werdet.«

Jetzt zitterten mir die Beine. Samstag war zu früh. Wie sollte ich Rennen reiten mit einem rasenden Erpresser im Nacken? Ich hatte nicht logisch nachgedacht. Heute Morgen bei der Morgenarbeit hatte mich der Ehrgeiz getrieben, der Wille zum Sieg. Aber dadurch brachte ich Murphy in akute Gefahr. Und dem Chef durfte ich nichts sagen. Ich steckte in der Klemme.

»Hast mir gar nicht erzählt, dass du dich mit Rory versöhnt hast.« Mandy zeigte mit einem Pommes auf mich. Ich würgte an einer Schüssel Kohlsuppe und Diätknäckebrot, während sie Hamburger und Pommes mampfte. Mein Magen zog wüste Grimassen. Fünfundsiebzig Längen im Schwimmbad hatten ein kratergroßes Loch hineingenagt.

»Was?« Jetzt war ich ganz Ohr. Alle in der Kantine verstummten und spitzten die Ohren.

»Sag bloß, du hast die Blumen nicht gesehen? Im Cottage stehen genug Blumen, um einen Marktstand damit auszurüsten.«

Gegen meinen Willen breitete sich ein Lächeln über mein Gesicht aus und eine Welle der Euphorie überschwemmte mich. Rory. Hatte mir Blumen geschickt.

Ich sprang vom Tisch auf und jagte zum Cottage, als ob es in Flammen stünde.

Tatsache, da standen sie, neben dem dreckigen Geschirr, noch im Versandpapier. Ein Farbenmeer leuchtete von der Spüle. Mehr Blumen, als ich im ganzen Leben gehabt hatte. Ich riss den winzigen Umschlag auf.

Ich hoffe, sie zaubern ein Lächeln auf dein Gesicht. Freue mich darauf, neben dir im Gold Cup zu reiten.
Tausend Küsse. Chester.

Die Hoffnung erstarb mir in der Kehle. Ich drückte eine Hand auf den Mund und würgte die Tränen zurück. Ich vermisste Rory so sehr. Es war mir nie bewusst gewesen, wie sehr ich ihn brauchte. Er war der einzige Mensch, bei dem ich diese schreckliche dunkle Wolke der Geheimhaltung abladen konnte.

»Rory«, krächzte ich, innerlich wie zerbrochen.

Aber der trieb sich in den Alpen herum und war wahrscheinlich von umwerfenden Frauen umringt. In Cheltenham, in Dolphin Barn war er jedenfalls nicht.

Was hatte ich bloß getan? Wie hatte ich so blöd sein können? Ich hatte Chester benutzt um Rory eifersüchtig zu machen und Chester war zu weit gegangen. Vielleicht hatte er mich ja durchschaut und es absichtlich getan. Was auch immer seine Beweggründe waren, sobald er aus Amerika zurück war, würde ich ihn zu Rory schleppen und ihn zwingen die Wahrheit zu sagen, Rory zu sagen, dass nichts zwischen uns war. Ich rieb die Handknöchel über die Schläfen. Was hatte ich denn von Chester gewollt? Hatte denn nicht ich ihn getäuscht? Konnte ich Rory eigentlich einen Vorwurf machen für seine Reaktion?

Die Einzige, die Schuld trug, war ich selbst. Weil ich alles hatte und immer noch mehr wollte.

Die Sicherheitsmaßnahmen in der Waage waren unüberwindbar. Außer den Jockeys, ihren Helfern und den Stewards durfte sie niemand betreten. Dadurch sollte verhindert werden, dass jemand unmittelbar vor den Rennen Reiter oder Personal bestach oder sich an der Ausrüstung zu schaffen machte, vor allem an den so wichtigen Sätteln.

Ich saß unter der Reihe Wandhaken in Sandown und knüllte die schwarz und burgunderroten Farben von Dolphin Barn zwischen den Fingern. Zum ersten Mal seit Tagen fühlte ich mich sicher. Ich hatte keine weiteren Umschläge erhalten. Vielleicht war es vorbei und sie hatten sich eines Besseren besonnen.

»Du siehst ganz schön blass aus.« Liam O'Riley setzte sich neben mich und glättete eine Seite aus dem »Daily Mirror«. Ich wusste, dass er mir ein Foto von der Verleihung des Jockey Award zeigen wollte, auf dem Chester mich küsste. Ich hatte es längst gesehen. Mir war übel und ich hasste mich selbst dafür. Ich wusste, dass es das Ende zwischen mir und Rory bedeutete.

»Ich und einige andere Jockeys machen uns Sorgen.« Damit erwischte er mich kalt. Ich hatte erwartet, dass er mich aufziehen würde, nicht dass er plötzlich die Sorgentante spielte. Unvermittelt wurden seine Augen kalt. »Ist nämlich so: Wir wollen nicht, dass uns ein Anfänger in die Hacken reitet, kapiert? Da draußen kann es ziemlich eklig werden. Wenn du uns also in die Quere kommst, zwingst du uns, dich fertig zu machen.«

Ich glaubte es einfach nicht. Mit offenem Mund starrte ich ihn an. Er stand auf und ging hinaus auf die Koppel zu einem der Trainer. Ich starrte ihm nach und begriff nur mühsam, was er mir gerade gesagt hatte. Ich hatte auf dem Wohltätigkeitsrennen einen Fehler gemacht, nur einen einzigen, und schon fielen sie wie ein Rudel Bluthunde über mich her. Selber machten sie Hunderte von Fehlern und schoben es feige auf die Pferde und die Trainer. Es war nicht fair. Es war der reinste Chauvinismus. Ich war ein guter Jockey. Der Chef hatte Recht, es gab eine Menge Leute, die mich gern aus dem Weg gehabt hätten.

»Na, wie geht's meinem besten Kumpel?« Pixie Raymond ließ sich auf den Platz neben mir fallen. Er wirkte frisch und übermütig wie ein Cockerspaniel. Keine dunklen Geheimnisse bei Pixie, da kriegte man, was man sah, und meistens noch einen Sack Witze dazu.

»Kümmre dich bloß nicht um die«, grinste er. »Es macht sie eben verrückt, dass so ein Schulmädchen ankommt und ihnen die Hosen auszieht.«

Ich hätte gern gelacht, aber ich schäumte vor Wut. Eines wenigstens hatten sie erreicht: Wenn ich gleich da hinausging, würde ich den Verstand aus ihnen herausprügeln. Kein halbherziges Reiten mehr, keine Zurückhaltung wegen eines blöden Drohbriefs. Ich würde ein perfektes Rennen reiten, mit zwanzig Längen Vorsprung gewinnen, dann zum Chef gehen, ihm die Briefe zeigen und ihm alles erzählen. Nichts anderes hätte ich von Anfang an tun sollen. Ich würde mich nicht von einem Haufen Maulhelden einschüchtern lassen. Ich würde mit Leib und Seele um den Sieg kämpfen.

»Und sie haben die Zielgerade erreicht, nähern sich der letzten der zweiundzwanzig Hecken ... und noch immer bleibt er ohne Gegner. Der Fuchs sorgt für eine unglaubliche Pace, *er frisst die Distanz gleichsam in sich hinein. Schon fünfzehn Längen Vorsprung und er legt noch immer zu ... Er hält die Spitze mühelos, Murphy's Law, er dreht schonungslos auf. Was für ein brillanter Springer! ... Ladies und Gentlemen, Murphy's Law, der ungeschlagene Held dieses Tages, die Nummer neun, geritten von Miss Justina Brooks, trainiert von ...«*

Wir hatten es geschafft. Wir hatten gewonnen, und zwar mit Leichtigkeit. Das Videoband im Sponsorenzelt spulte automatisch zum Anfang des Rennens zurück. Wildfremde Leute schüttelten mir die Hand. Ich unterschrieb Autogrammkarten, beantwortete Fragen über Murphy. Und die ganze Zeit suchte ich das Meer aus Köpfen und Gesichtern nach der vertrauten Schiebermütze des Chefs ab.

»Jetzt wird Mr Brown ihn doch sicherlich für den Gold Cup nennen?« Ein Journalist von »Pferd und Hund« drängelte sich zu mir durch.

»Ist es wahr, dass jede Menge Popstars Murphy in ihren Videos verwenden wollen?«

»Hmm, keine Ahnung.« Ich schnappte mir einen

der Türsteher, der ihn mit Sicherheit gesehen hatte, und fragte: »Wo ist der Chef?«

»Zum Parkplatz gegangen, Champagner holen. He! Du kannst doch nicht einfach abhauen. Da wartet ein Haufen VIPs auf dich!«

Ich drängelte mich aus dem großen Zelt und folgte den Hinweisschildern zum Trainerparkplatz. Je schneller ich ihm alles sagte, desto besser. Scooby war bei Murphy und passte auf ihn auf, auch wenn er nichts von den Todesdrohungen wusste. Der Chef würde im Dreieck springen, wenn er von den Briefen hörte, aber zumindest würde er Murphys Box bewachen lassen.

Ich kam nicht bis zum Parkplatz.

Jemand griff von hinten nach mir. Ich konnte mich nicht mal wehren, es ging zu schnell. Dann wurde mir irgendwas Scheußliches auf die Nase gepresst. Ich hörte undeutlich eine Männerstimme und wurde auf einen Rücksitz geworfen. Dann überschwemmte mich Schwärze wie umgestoßene Tinte.

7

Als ich erwachte, fuhren wir über holperigen Untergrund.

Terror. Mein Kopf schlug gegen die Rückenlehne. Wellen von Übelkeit stiegen in mir hoch. Dann fand mein Verstand langsam Antworten. Ich spürte einen Druck auf den Schläfen, etwas, das sich in meinen Haaren verfangen hatte: Ich hatte eine Binde über den Augen.

Das Auto hielt. Der Motor ging aus und jemand zog die Handbremse. Eine Tür öffnete sich. Ein Schuh knirschte auf Kies. Neben mir klickte ein Türgriff und kalte Luft wehte mir übers Gesicht.

»Los, beweg dich!« Eine Männerstimme, undeutlich und verstellt. Ich stellte mir vor, dass er ein Taschentuch über dem Mund hatte wie ein Bandit.

»Beweg dich, hab ich gesagt!«, brüllte er und zerrte mit starken Händen an meinen Armen.

Panik und Wut vermischten sich in mir zu einem gefährlichen Cocktail. Das Komische war, dass ich gar keine richtige Angst hatte.

»Dann lassen Sie mich doch auch!«, fuhr ich ihn an und stieß mir den Kopf am Türrahmen. »Nehmen Sie mir dieses verdammte Ding vom Kopf!« Ich wand einen Arm aus seinem Griff und zerrte an der Augenbinde. »Für wen tun Sie das? Haben Sie die Briefe geschickt?«

»Halt den Mund!« Er bog mir den Kopf nach hinten und kam mir ganz nahe. Ich spürte seinen Atem, roch sein Rasierwasser. »Pass gut auf, ich sag es nur einmal. Du gewinnst keine Rennen. Du verlierst absichtlich. Okay? Du zeigst der Welt, dass du nicht die Königin der Rennbahn bist. Kapiert? Oder willst du, dass dein geliebtes Pferd stirbt?«

Er sagte es so drohend, dass mir eiskalt wurde.

»Ja, ja, natürlich, mach ich.« Ich würde alles tun, was er sagte.

»Dann ist es ja gut, vergiss es nur nicht.« Er gab mir einen Stoß, sodass ich stolperte und hinfiel. Sekunden später hörte ich den Motor aufheulen und die Reifen quietschen. Er schoss auf der Straße davon und hinterließ nichts als eine Wolke Abgase und eine Herde blökender Schafe auf einem nahe gelegenen Feld.

Ich zerrte schon an der Binde, fummelte an dem harten Knoten herum und verfluchte meine abgebissenen Nägel. Plötzlich ging er auf und ich blinzelte schmerzhaft in eine grelle Nachmittagssonne. Ich hielt eine alte marineblaue Schweifbinde in der Hand, die man durchgeschnitten hatte. Unkontrollierbares Zittern durchfuhr mich, als mir aufging, in welcher Gefahr ich mich befunden hatte.

Verzweifelt suchte ich nach einem Anhaltspunkt, der mir zeigte, wo ich mich befand, und weinte fast vor Erleichterung, als ich erkannte, dass ich kaum einen Kilometer von Dolphin Barn entfernt in einem Dickicht steckte, an dem ein Reitweg vorbeiführte. Ich setzte mich in Marsch und ging alles noch mal in Gedanken durch, durchforschte meine Erinnerung nach wichtigen Hinweisen. Ein federleichter, weicher Regen kühlte mir das Gesicht. Ich schritt energisch aus, aber in meinem Kopf drängten sich lauter konfuse Bilder, Lichter tanzten mir vor den Augen und hinterließen Leuchtspuren auf der Netzhaut. Was passierte mir da in letzter Zeit? Was war aus mir geworden? Ich wusste nicht, wer ich war oder wo ich gewesen war oder wohin ich ging. Ich war mutterseelenallein. Ich wollte Rory. Aber mehr als alles andere wollte ich nach Hause.

»He, Justina, du bist ihnen ja voll davongeritten. Die Jungs haben eine Stange Geld verdient.« Roy Rogers kam aus der Futterkammer, zog gerade eine Wildlederjacke über und war zweifellos auf dem Weg ins »Jockey's Rest«.

Auf der Spitze des Uhrturms flatterten Männerunterhosen im Wind. Sah ganz danach aus, als ob die Jungs schon feierten.

»Wie geht es Murphy?« Ich sauste zur Eckbox und atmete erleichtert auf, als ich ihn fröhlich am Heunetz kauen sah. Scooby hatte ihn sicher aus Sandown heimgebracht.

»Hat kein Federchen verloren, im Gegenteil, er schreitet, als käme er aus dem Reitstall der Königin höchstpersönlich. Wird jetzt wahrscheinlich unerträglich hochmütig werden. Du dagegen siehst ganz schön mitgenommen aus. Wärst du ein Vierbeiner, würde sich der Chef definitiv um dich sorgen.«

»Hmm. Na ja, du kennst mich ja, Roy, ich muss jedes Rennen so reiten, als wär's das Derby.«

Das Cottage war leer. Am Kühlschrank hing eine Nachricht von Mandy.

Gut gemacht! Ben sagt, du wärst geritten wie der Teufel.

Sie hatte den ganzen Müll weggebracht und mir

Nudeln, Spinat und einen Aprikosenjogurt übrig gelassen. Gute, alte Mandy. Ich war so froh, dass sich die Dinge zwischen uns wieder normalisiert hatten. Sie hatte ein Herz so groß wie ein Elefant.

Ich machte mir einen Kaffee, ging ins Wohnzimmer, kickte die Stiefel von den Füßen und wickelte mich in eine alte Pferdedecke von Murphy. Jetzt brauchte ich vertraute Dinge um mich. Ich drehte die Gasheizung auf volle Pulle und griff nach einem Nugat-Ei, entschied mich dann aber dagegen. Plötzlich fühlte ich mich elend. Wie ein ausgewrungenes Küchentuch. Ich konnte nicht mehr. Als mir dann noch Smokey um die Füße schmeichelte, drängten sich große, schmerzhafte Schluchzer aus mir heraus. Ich war völlig verängstigt. Tränen tropften mir aus Augen und Nase. Es war alles zu viel. Ich konnte nicht mehr. Zu aller Ironie lag auf dem Tisch ein Fanbrief, der vor einigen Wochen gekommen war. Er war von einer Dreizehnjährigen, die so sein wollte wie ich.

Die hatten doch alle keine Ahnung. Sie sahen nur den Ruhm und die Berühmtheit.

»Tu's nicht!«, rief ich laut. »Werd lieber Krankenschwester oder Lehrerin oder Friseuse, egal was.«

»Jus?« Eine tiefe Stimme brach sich an der Küchentür. »Darf ich reinkommen?«

Es war Pixie! So durfte er mich nicht sehen – das würde mein ganzes Image ruinieren.

»Ja klar. Komm rein!«, rief ich mit ganz piepsiger Stimme, tupfte mir die Augen mit der Pferdedecke trocken und verteilte mir damit rote Pferdehaare über das ganze Gesicht.

Er platzte durch die Tür, eine gigantische, aufgeblasene Plastikgiraffe im Arm. »Hier, die hast du auf der Party gewonnen, in der Verlosung«, dröhnte er. »Hatte ich ganz vergessen. Ike sagt, du würdest sie lieben.« Er warf sie aufs Sofa, stürzte zum Fenster und riss es auf: »Ist ja kochend heiß hier drin.«

»Ach herrje.« Pixie blieb stocksteif stehen, als er sich wieder umdrehte. »Schlechtes Timing. Oder vielleicht auch gut. Er ist es sicher nicht wert, dass du wegen ihm heulst, egal wer er ist.«

»Es geht doch nicht um einen Typen, du Idiot.« Ein wässriges Lächeln gelang mir.

»Na, wegen Murphy kann's ja kaum sein, nicht nach der heutigen Vorstellung.«

Ich rieb mir über die Augen und stützte die Ellbogen auf die Knie. Pixies warme, quirlige Art ließ alle Stärke und Entschlossenheit aus mir hinausrinnen. Ich wollte mich jemandem anvertrauen.

»Ich komme mit guter Kunde«, überbrückte er das Schweigen. »Bin eben an Rorys Wohnung vorbeigekommen und er muss zurück sein. Alle Fenster sind offen und die Milch steht nicht mehr vor der Tür.«

Das war es. Schon die Erwähnung von Rory ließ mich wieder zu einem Häufchen Elend zusammensinken.

»Ach, Pixie, du wirst nie erraten, was passiert ist. In einer Million Jahren nicht. Ich hätte es dem Chef erzählen sollen, jetzt ist alles aus den Fugen geraten …«

Ich fing ganz von vorn an, bei dem Mann mit der dunklen Brille. Pixie lauschte gebannt, saß sprachlos auf dem Fensterbrett, wahrscheinlich zum ersten Mal in seinem Leben. »Und du hast niemandem von den Drohungen erzählt, nicht mal Scooby?«

»Nein.« Ich kaute voller Verzweiflung an den Fingernägeln. »Du bist der Erste.«

»Verstehe.« Er holte tief Luft. »Du armes Würstchen! Aber was nun? Du wirst natürlich nicht zum Gold Cup antreten?«

»O doch!« Ich nickte stürmisch. »Werde ich doch. Ich bin so entschlossen wie nie.« Die Wut im Leib nahm mir den Atem. »Dieser Kerl, das ist doch nur ein Maulheld, ein Leuteschinder, ein armseliger Feigling. Von dem lass ich mir keine Angst einjagen. Keine Chance. Und wenn ich dafür jede Nacht in Murphys Stall schlafen muss. Ich bin fest entschlossen.«

Pixie sah mich überrascht an. »Das meinst du doch nicht ernst?« Er wurde sichtlich blass. »Das darfst du nicht.« Jetzt flüsterte er fast unhörbar. »Justina, das Risiko darfst du nicht eingehen, das ist es nicht wert. Wer auch immer es ist, er könnte echt gefährlich sein. Ich flehe dich an, überleg es dir noch mal. Das ist Wahnsinn. Du darfst nicht versuchen den Gold Cup zu gewinnen.«

»Doch.«

»Hast du irgendeine Ahnung, wer dich entführt hat?«

»Ich bin mir sicher, dass ich ihn kenne. Er hat die Stimme verstellt, aber da war irgendwas, keine Ahnung, ich komm nicht drauf, aber irgendwie war er mir vertraut.«

Pixie atmete hörbar aus. »Aber keine definitiven Verdächtigen?«

»Doch, schon.« Ich zwirbelte brutal an einem Haarstrang. »Eine. Sie arbeitet hier im Stall. Sie verbirgt was vor uns. Es stinkt zum Himmel: Shona.«

Pixie starrte an die Decke und faltete die Hände über den Mund. »Ich weiß nicht, wie ich es ausdrücken soll, aber …«

»Was? Sag schon, was ist?«

»Also, die Sache ist so, hast du dir je überlegt …? Was ich meine: Rory ist total daneben in letzter Zeit. Er würde seine eigene Großmutter niederreiten, um ein Rennen zu gewinnen. Ist dir nie in den Sinn gekommen … also … dass er dich nicht im Gold Cup haben will? Er hätte viel mehr Grund als Shona.«

Ich fiel vor Entsetzen fast vom Stuhl. »Niemals! Das würde er nie tun, niemals. Er wusste ja gar nicht, dass ich für den Gold Cup genannt bin, nicht damals. Nur Sergeant Peggy sollte antreten.«

»Na ja, Meisterschaften machen komische Sachen mit Rennreitern, weißt du, Nervenzusammenbrüche, all so was.«

»Rory tut mir nicht weh!«

»Okay, schon gut, dann ist das ja geklärt. Aber wenn wir schon dabei sind, hast du dir mal überlegt, woher der Chef das Geld für einen nagelneuen Landrover hat? Trainer sind die Schlimmsten, was Regelverstöße angeht …«

»Pixie!«

»Tut mir Leid. Du hast ja Recht. Mir geht die Fantasie durch. Es ist nur alles so unglaublich, wie ein Thriller im Fernsehen. Ich meine, man hört ja solche Geschichten bei Rennen, aber ...«

Auf einmal war ich todmüde. Arme und Beine wogen eine Tonne. Ich musste Pixie bitten zu gehen.

»Wenn ich dir irgendwie helfen kann, egal wie, hier ist meine Handynummer. Ruf mich an. Und, verdammt, überleg dir das noch mal mit dem Gold Cup, Justina. Das ist es nicht wert. Da kannst du dir bös wehtun. Da geht's um Business.«

Ich drückte die Tür hinter ihm ins Schloss. Der Kopf pochte mir, wahrscheinlich von dem Zeug, mit dem man mich betäubt hatte.

Jetzt hatte ich nur noch eins im Sinn: Ich griff nach dem Telefon und wählte Rorys Nummer. »Los, geh schon ran!« Besetzt. Verdammt! Noch mal. Anrufbeantworter. Verdammt! Ich wusste, dass er ihn oft anstellte, wenn er in der Sauna war. Ich sah ihn fast vor mir, wie er zum Telefon lief, eine Kaffeetasse in der Hand, und mit halbem Ohr zuhörte, ob es was Wichtiges war.

Das hier war wichtig. Rory – nimm ab! Ich brauchte ihn mehr als irgendjemand sonst. Ohne ihn stand ich das nicht durch. Ich wartete ungeduldig, bis die dämliche James-Bond-Ansprache vorbei war.

»Ruf mich an, bitte, bitte ruf mich an! Ich stecke in der Scheiße. Rory, ich bin's. Bitte ruf sofort zurück!«

Ich legte den Hörer auf und wartete zehn Minuten. Ich wollte aufheulen vor Enttäuschung. Nichts. Ich kontrollierte, ob der Hörer auch auflag. Tat er. Ich sah zu, wie der Minutenzeiger auf die volle Stunde wanderte, dann rief ich nochmals an.

»Rory, bitte lass mich nicht so hängen, ich kann alles erklären, aber hier geht es um etwas anderes. Ich stecke echt in der Scheiße. Bitte ruf an!«

Keine Antwort.

»In zehn Minuten beginnt ›Blind Date‹.« Mandy marschierte mit Ben in die Küche.

»Hast du schon gehört?« Ben schloss die Tür, während Mandy den Wasserkessel ohne Deckel aufsetzte, der war nämlich aus Versehen mit dem Müll fortgeworfen worden. Normal redete Ben kaum je ein Wort, also musste es etwas Wichtiges sein. Ich hörte nur halb zu, weil mein Verstand laut und aufdringlich wegen der Zeitverschwendung nörgelte. »Der Chef ist übers Wochenende weggefahren, keiner weiß wohin. Kommt erst am Dienstag zurück. Badger sagt, er war seit dem Zweiten Weltkrieg nicht mehr fort. Wir vermuten, dass er bei einer Frau ist. Er hat sich noch nicht mal aufgeregt, dass du nach dem Rennen verschwunden bist.«

Mir rutschte das Herz in die Hosen. Ich machte den Mund auf und zu, aber genauso gut hätte man mir die Kehle durchgeschnitten haben können, denn kein Wort kam heraus. Dampf aus dem Kessel füllte die Küche, aber Mandy und Ben starrten mich nur merkwürdig an.

»Alles okay mit dir, Jus?« Mandy drehte den Herd ab. »Du siehst irgendwie ganz furchtbar aus.«

»Mir ist schlecht«, krächzte ich, als hätte ich Warzen im Kehlkopf. »Ich brauche frische Luft.«

Ich stand vor dem Cottage und atmete tief ein. Hysterie stieg immer mehr in mir hoch. Wie konnte der Chef einfach abhauen? Ich musste mit ihm sprechen. Er war der Einzige, der Murphy beschützen konnte. Er musste wissen, was vorging. Warum schlug nur jeder Notausgang vor meiner Nase zu?

Scooby! Er kletterte gerade mit einer Packung Bier und einer Dose Quality-Street aus dem Auto.

»Scooby, du musst mir helfen. Bitte bleib bei Murphy, bis ich zurück bin. Lass ihn keinen Moment allein. Ich brauche höchstens eine halbe Stunde. Ich habe Angst, dass sie ihm wieder was antun wollen.«

»Aber Jus, er rennt doch gar nicht, warum sollte …«

Ich saß schon auf Mandys Rad und strampelte vom Hof, bog links ab und fuhr in Richtung Cheltenham und Rorys Wohnung.

Ich hämmerte gegen die Eingangstür. Ich wusste, dass er da war, weil sein Sportwagen in der Garage stand. Mit einem gigantischen Satz sprang Poppy vom Sofa und warf die Vorderpfoten aufs Fensterbrett. Bei ihrem Anblick wurde mir warm ums Herz. Ich hatte sie so vermisst.

Rory öffnete widerwillig die Tür.

»Hi«, sagte ich sehr kleinlaut.

Er war unrasiert, barfuß und trug ein Ralph-Lauren-Sweatshirt und Jeans. Bevor er antworten konnte, warf sich Poppy durch den Spalt in der Tür, sprang an mir hoch und leckte mir wild übers Gesicht.

»Komm besser rein.«

Er ging voraus durch den winzigen Flur in die Küche. Auf der Ablage stand eine kalorienarme Lasagne und ein Video. Offensichtlich wollte er den Abend zu Hause verbringen.

»Hast du meine Nachricht gehört?«

»Ja.« Er stand mit dem Rücken zu mir, aber ich sah, wie seine Schultern sich anspannten.

»Ich weiß nicht, wo ich anfangen soll, es ist alles so furchtbar und unglaublich und jetzt ist auch noch der Chef weg … und …«

»Red doch mit Chester drüber. Er ist doch jetzt der Mann in deinem Leben, oder? Um was geht's überhaupt? Nein, lass mich raten. Murphy hat Schnupfen? Es muss was mit Murphy zu tun haben, was anderes interessiert dich ja doch nicht.«

Ich stand wie versteinert, die Bitterkeit in seiner Stimme versengte mich. War er wirklich eifersüchtig auf ein Pferd? Er wandte sich von mir ab und lehnte sich gegen den Küchentresen.

»Bitte, sei doch nicht so. Du weißt ja nicht, um was es geht. Es ist alles viel, viel schlimmer. Und wegen Chester, er bedeutet mir doch gar nichts. Ich liebe dich, Rory. Ich brauche dich.«

Ich ertrug es nicht länger. Er musste mit mir sprechen. Wir mussten uns aussöhnen.

»Rory!« Ich warf die Arme um ihn, damit er sich endlich umdrehte und mich ansah. Die Wärme seiner Haut war wie ein Stromgenerator für meine Batterien, die tröstliche Sicherheit, die ich so sehr vermisst hatte. »Rory!«

Und dann traf es mich wie ein Schlag. Ich sprang zurück, als hätte ich mich verbrannt. Verwirrte Botschaften hackten auf meinen Verstand ein. Das konnte nicht wahr sein.

»Ich muss gehen«, stotterte ich und stolperte rückwärts.

»Ist ja toll. Kein Wunder, dass ich genug von dir habe. Bei dir weiß man doch nie, woran man ist.«

»Ich muss gehen«, wiederholte ich und tastete nach der Tür.

Er kam mir nicht nach. Poppy bellte mir wie rasend durchs Fenster hinterher. Ich stand bebend vor der Tür und versuchte zu begreifen, was geschehen war. Rory benutzte nie Rasierwasser. Aber eben, als ich die Arme um ihn legte, hatte ich deutlich einen widerlichen Moschusduft gerochen – und erkannt. Der Mann, der mich entführt hatte … Rory roch nach demselben Rasierwasser.

8

»Justina, was bitte tust du hier?«

Ich war mir nur halb eines Schattens bewusst, der mir übers Gesicht fiel, und öffnete die Augen. Ich schlotterte am ganzen Leib. Die Kälte war mir in alle

Knochen gedrungen. Ich hatte keinerlei Gefühl mehr in Fingern und Zehen.

»Hier ist sie, Chef, ich geb sie Ihnen.«

Scooby beugte sich zu mir und deutete auf ein Handy. »Du wolltest doch den Chef sprechen, falls er anruft. – Ja, Chef, ich hab sie gefunden.« Scooby verzog das Gesicht und fuhr sich mit der freien Hand über die Kehle.

Ich nahm das Telefon und stemmte mich benommen an der Wand hoch. Es war sechs Uhr dreißig morgens und noch stockdunkel draußen. Ich hatte die Nacht in Murphys Box verbracht, eingerollt in eine Pferdedecke unter der Futterkrippe.

»Ja, Chef, ich bin dran.« Gedanken stolperten mir durch den Kopf. Ich blinzelte immer noch wegen der grellen Deckenbeleuchtung. »Ja, ich wollte mit Ihnen sprechen.« Murphy stand in der Ecke. Das Heunetz hatte er nicht angerührt. »Tut mir Leid, Chef, ja, es ist ernst, ernster geht's kaum noch.« Ich nahm das Handy in die andere Hand.

»Ich warne dich, Justina, wenn es nicht todernst ist, wird dein Hinterteil nie wieder einen meiner Sättel zieren. Ich bin in Penrith und habe zum ersten Mal seit fünfundzwanzig Jahren nicht an Pferde gedacht. Justina, bist du noch dran?«

Ich starrte auf Murphy, völlig perplex.

»Justina?«

Etwas stimmte nicht. Er ließ den Kopf hängen und hatte keinerlei Leben in den Augen. Alarmglocken schrillten in jedem einzelnen Nerv von mir.

»Kommen Sie besser sofort, Chef, in den nächsten zehn Sekunden. Wegen Murphy. Ich glaube, jemand hat ihn vergiftet.«

Mein stolzes, tapferes Pferd hatte sich völlig in sich selbst verkrochen, hatte sich wie in eine Nussschale zurückgezogen um mit dem Schmerz fertig zu werden. Der Funke in ihm war erloschen. Seine Flanken waren granithart und knotig. Seine Augenlider wirkten blutleer, so blass waren sie.

»Ich hol das Thermometer.« Das war Scooby. Er blickte Murphy alarmiert an.

»Das brauchen wir nicht mehr. Ruf den Tierarzt an, sofort!« Ich ließ das Handy fallen und stürzte zu meinem Pferd.

»Je mehr Informationen wir ihm geben können, während er herfährt, desto besser. Das spart Zeit.«

Ich wollte schreien vor Qual, aber ich musste ruhig bleiben, Murphy zuliebe.

Scooby kam mit dem Thermometer zurück. »Temperatur normal, dehydriert, frisst nicht, trinkt scheinbar nicht, aber wer kann das schon sagen bei einer Selbsttränke. Teilnahmslos, apathisch, unsicher auf den Beinen ...« Scooby klang wie ein Stabsarzt.

Und die ganze Zeit streichelte ich Murphy und versuchte den Schmerz aus ihm herauszuziehen, flüsterte auf ihn ein, dass alles gut würde.

»Der Tierarzt ist in zehn Minuten hier. Er sagt, wir sollen ihm lauwarmes Wasser geben.«

Ich war schon aus der Box und füllte einen Eimer mit warmem Wasser, in Sekunden.

Der Tierarzt hatte offenbar keinen blassen Schimmer, was Murphy fehlte.

»Ich mache einen Bluttest und schicke ihn ins Labor. Wenn es, wie Sie vermuten, Gift ist, kann es sehr schwierig werden, die fremde Substanz herauszufinden.«

Mittlerweile wusste ganz Dolphin Barn, was los war. Stallmeister Badger schmiss ständig Schaulustige aus dem Stall.

»Und Sie sagen, es gäbe Gründe, anzunehmen, dass jemand das Pferd absichtlich manipuliert hat?«

»Ich habe Drohungen erhalten.«

Alle in Hörweite keuchten auf.

»Muss er sterben?« Ich zog das Kinn an und biss die Zähne zusammen. Ich musste es wissen.

»Die Prognose ist nicht schlecht. Wir haben ihn hoffentlich rechtzeitig entdeckt. Jetzt hängt es davon ab, um was es sich handelt und wie viel davon in seinem Blut zirkuliert.«

»Sie müssen doch wenigstens eine Vermutung haben!« Meine Stimme schoss um zwanzig Dezibel in die Höhe.

»Sollte ich eine begründete Vermutung abgeben, würde ich von einer Schwermetallsubstanz ausgehen, die seine Leber angreift und womöglich noch andere lebenswichtige Organe.«

Leber. Organe. Es klang lebensbedrohlich. Tränen brannten mir in der Kehle, aber ich weigerte mich vor allen Leuten zu weinen.

»'tschuldigen Sie mich.« Ich drehte mich abrupt

um und marschierte aus dem Stall, in Richtung Cottage, wo ich, immer zwei Stufen auf einmal, die Treppe hochrannte.

»Justina!« Mandy jagte mir nach. »Justina, komm zurück. Bitte! Du darfst jetzt nicht allein bleiben.«

Ich umklammerte das Treppengeländer, als ein Schluchzer mich schüttelte. Ich wusste, wenn ich in mein Zimmer ging, würde Mandy so lange gegen die Tür hämmern, bis ich öffnete oder rauskam.

»Wir trinken jetzt erst mal einen heißen Tee mit einem Berg Zucker drin und dann gehen wir rüber und sehen der Sache ins Gesicht, okay?«, lächelte sie.

»Warum hast du mir nichts gesagt?«, wollte sie wissen, nachdem sie mir einen Becher in die zitternde Hand gedrückt hatte. »Jemand erpresst dich und du machst einfach weiter, als sei nichts geschehen. Gott, Jus, ich bin deine beste Freundin, hättest du es nicht wenigstens mir sagen können?«

»Ich hatte zu viel Angst. Außerdem waren wir nicht gerade Busenfreundinnen in letzter Zeit, mit der ganzen Meisterschaftsgeschichte zwischen Ben und Rory.« Schon die Erwähnung seines Namens ließ mir das Blut in den Adern gefrieren. »Du weißt noch nicht mal die Hälfte, Mandy, es ist so furchtbar.« Die Erleichterung darüber, mich endlich auszusprechen, und der warme Tee im Magen ließen mir Tränen über die Wangen kullern.

Draußen hielt ein Auto.

»Nur der Postbote«, beruhigte Mandy.

Etwas plumpste durch den Briefschlitz.

»Wahrscheinlich eine Rechnung.« Sie ging völlig ungerührt durch den Gang.

Ich bekam einen trockenen Mund und kalter Schweiß brach mir aus.

»Für dich.« Sie kam mit einem braunen Umschlag zurück und ließ ihn über den Tisch schlittern.

Ich schob ihn von mir wie eine Briefbombe. »Mach du auf. Er ist von ihm. Ich bin mir sicher.«

Entnervt machte sie auf. Ein einzelnes Stück Papier. Ein Satz:

HAB IHM NUR SO VIEL GEGEBEN,
DASS ER KRANK WURDE.

Vor Abscheu hätte ich am liebsten gekotzt. Der Poststempel war von Cheltenham. Wer auch immer es war, war gestern in Cheltenham gewesen.

»Schau, das ist doch immerhin was, das ist positiv.« Mandy las den Satz erneut. »Dann weißt du wenigstens, dass Murphy wieder gesund wird. Dass er nicht stirbt.«

»Ja, und? Soll ich etwa dankbar sein? Dieser Wahnsinnige terrorisiert mich und ich soll ihm noch danken, weil er mein Pferd nicht umbringt?«

»Nein, aber du kannst erleichtert sein, denn er hätte es tun können. Wenigstens hat er ein Gewissen. Und es ist ein Beweis für die Polizei. Sie werden alles sehen wollen.«

Mir drehte sich der Kopf vor Verwirrung.

»Ich möchte zu Murphy«, brachte ich hervor und schob den Stuhl zurück.

Der Tierarzt war schon fort und Scooby diskutierte in Murphys Box mit Badger. Sobald sie mich sahen, eilte Scooby mir entgegen. Er sah verhärmt und angespannt aus.

»Alles okay, Jus, es ist nicht so schlimm, wie wir erst dachten. Er reagiert schon auf die Behandlung. Er wird wieder okay. In acht bis zehn Tagen ist er wieder ganz der Alte.«

»Ich weiß.«

Scooby sah mich überrascht an.

»Gerade genug Zeit, damit er nicht fit für den Gold Cup ist.«

Viereinhalb Stunden später brauste der Landrover des Chefs in den Hof. Er war allein und in der Art Stimmung, mit der man Klapperschlangen in die Flucht treiben konnte. Er war die ganze Zeit auf der Autobahn mit Badger und dem Tierarzt über Handy in Verbindung geblieben. Er knallte die Wagentür zu und marschierte in Murphys Box, die Augen wie Laserstrahler auf sein Starpferd geheftet.

Ich stand neben Murphys Schulter und überredete ihn sanft, etwas Gerstengrütze zu fressen.

Der Chef sprach minutenlang kein Wort. Er nahm das armselige Bild des Pferdes in sich auf, das er nur vierundzwanzig Stunden zuvor in Topform verlassen hatte. Sogar Murphys Fell war zu einem dumpfen Fischbraun abgestumpft.

Der Chef saugte die Wangen ein und zischte erbost. »Dafür bezahlt mir jemand. Ich will die ganze

Geschichte hören, jedes kleinste Detail, jede unerwartete Wendung, alles, was dir durch den Kopf gegangen ist, wen du in Verdacht hast und wann genau es angefangen hat.«

Ich nickte betäubt.

»Hat schon jemand die Polizei angerufen?«

Bis die Blutanalyse vom Tierarzt zurückkam, hatte ich erst dem Chef, dann einem Wachtmeister und schließlich dem Hauptkommissar der Cheltenhamer Polizei Bericht erstattet. Die Erpresserbriefe waren zur Analyse fortgebracht worden, die Telefone auf Wanzen geprüft und Murphys Stall auf wichtige Spuren untersucht. Alle in Dolphin Barn wussten, dass sie verhört werden würden, obwohl der Chef noch verzweifelt versuchte, die Story nicht an die Zeitungen gehen zu lassen. Doch der *Jockey Club* musste informiert und Murphy vom Gold Cup zurückgezogen werden. Die Luft in Dolphin Barn war dick von Spekulationen.

Ich war völlig erschöpft, aber so überdreht, dass ich nicht schlafen und keine Minute still sitzen konnte. Als Mandy die Sechsuhrnachrichten andrehte, fühlten sich meine Nerven an, als hätte sie jemand um die halbe Bahn und zurück zum Cottage gezerrt. Der Premierminister strahlte aus dem flackernden Bildschirm heraus und pries das nationale Gesundheitswesen. Smokey schnurrte mir um die Füße und beäugte die Fische, Kevin und Perry, die nervös in ihrem neuen Fischglas auf dem Tisch kreisten. Aus der Küche, wo Mandy mit der Käsereibe kämpfte, drang ein Geruch nach angebrannter Lasagne.

Als es plötzlich draußen schepperte, sprang ich zwei Meter in die Luft.

Jemand hatte die Mülltonne umgeworfen.

»Ist bloß Tesafilm«, flüsterte Mandy lautlos durch die Küchentür.

Sekunden später kam Shona herein. Sie sah aus, als habe sie getrunken. Das Gesicht war weiß und teigig, die Augen rot umrandet. Die ganze übliche Frechheit war verschwunden, als hätte jemand ihr alles Leben ausgesaugt.

»Du warst es, gib's zu«, spuckte ich die Vermutung aus, die ich seit Tagen nicht los wurde. »Du hast Murphy vergiftet, du bist in den Stall geschlichen und hast ihm Gift gegeben.«

Sie sah mich fassungslos an.

Jetzt konnte ich nicht mehr an mich halten. Ich hatte von Anfang an gewusst, dass sie es war. Egal, was Pixie über Rory behauptete, ich wusste, dass es Shona war. Wahrscheinlich schon, seit sie die Entwässerungstabletten gefunden hatte. Natürlich arbeitete sie mit jemandem zusammen, einem Mann, aber schuldig war sie. Das ständige Verschwinden, die veränderte Persönlichkeit, der offensichtliche Stress …

»Du blöde Kuh!«, schrie ich. »Du mörderische, wahnsinnige Kuh. Du hast versucht mein Pferd umzubringen, du hast die Briefe geschickt, das alles warst du!« Ich fuhr auf sie zu und packte sie an den Haaren.

»Au!«

Sie hob den Arm, aber ich war zu schnell. Ich war so wütend, dass ich selbst Mike Tyson besiegt hätte.

»Scooby, Badger, schnell, kommt her!« Mandy schrie durch die Tür.

»Du verstehst alles falsch!« Shona griff nach dem Mopp, der neben der Waschmaschine stand. »In Gottes Namen, hör auf!« Sie fuchtelte wild mit dem Mopp vor sich durch die Luft. »Ich war's nicht!«

Ich trat bebend zurück. Die sengende Hitze in meinen Adern kühlte in Sekundenschnelle ab, ich war am Ende.

»Was ist denn los?« Scooby tauchte im Gang auf.

»Nur ein Streit«, versuchte Mandy die Sache herunterzuspielen, jetzt, wo wir uns nicht mehr prügelten.

»Ich kann beweisen, dass ich es nicht war«, keuchte Shona, immer noch den Mopp in der Hand. Ihre Augen bohrten sich in meine. »Ich habe ein Video, das alles erklärt.«

Sie bestand darauf, ins Wohnheim zu gehen und dort den Videorekorder zu benutzen.

Larry, Roy, Jake und Des spielten dort Billard mit Golfbällen, die sie mit Filzstift markiert hatten. Alle wussten, dass Larry Wetten auf die Identität des Erpressers abgeschlossen hatte und dass Shona die Hauptverdächtige war.

»Ich will, dass es alle sehen.« Sie hob die Stimme, stellte eine Seifenoper ab und schob das Video in den Rekorder. Die Hälfte der Jungs war im »Jockey's Rest«, aber gut ein Dutzend war noch da und reckte neugierig die Hälse, weil sie eine Szene vermuteten.

»Los, holt Stühle. Ich zeig es nur einmal.«

Das Bild flackerte erst und wurde dann klar. Ein Amateurvideo.

Ich setzte mich widerwillig und fragte mich, was um alles in der Welt sie uns da zeigen wollte. Mandy kaute nervös an den Fingernägeln. Scooby hustete. Von einer Panoramaaufnahme weiter Felder zoomte das Bild unvermittelt zu einem braunen Rennpferd und einem Mädchen in gelben Rennfarben auf dem Weg zum Start eines Rennens.

Rundum holten alle überrascht Luft. Es war Shona. Drei weitere Pferde liefen in dem Rennen. Es handelte sich um ein so genanntes Point-to-Point-Rennen für Amateure, das keine Lizenz voraussetzte. Alle vier Reiter grinsten in die Kamera und stellten sich dann unordentlich hinter dem Band auf. Sie stürmten in einem Höllentempo los und krachten schon am ersten Hindernis um ein Haar ineinander. Das restliche Rennen war ein schmerzlicher Anblick. Shona in Gelb hatte nicht die leiseste Ahnung, wie man ein Rennen ritt, und brach in halsbrecherischer Geschwindigkeit über die Hindernisse. Zweimal verweigerte das Pferd und sie umritt das Hindernis. Und dann, nachdem sie den Wassersprung um ein Haar verfehlt hatte, setzte sie allem die Krone auf und geriet auf die falsche Bahn, wo sie ihr eigenes Rennen ritt.

Die Stille war tödlich. Eine fallen gelassene Stecknadel hätte wie ein Holzhammer gedröhnt.

Ich atmete tief durch und drehte mich um. Sie schaute mit versteinertem Gesicht auf den leeren Bildschirm und zog rhythmisch an einer Zigarette, eine Hand unter dem Ellbogen. Nichts verbarg die nackte Verletztheit in ihrem Gesicht. Die Erfahrung hatte Narben in ihr hinterlassen.

»Los, lacht doch schon, ich höre ja gar nichts.« Ihre Stimme klang hart. »Toller Ritt, was? Man sieht, warum mir der Chef nie eine Chance gegeben hat.«

Immer noch sprach niemand. Einige der Jungs standen unbehaglich auf und gingen zurück an den Billardtisch. Shona zog einen Stuhl heran und setzte sich neben mich. Erst jetzt bemerkte ich, wie viel Gewicht sie verloren hatte und wie fit sie aussah.

»Ich hab mich weggeschlichen, um für einen Trainer namens Geoff Higgins zu reiten, dem ein Jockey fehlte. Er gab mir eine Chance, die erste, die ich je hatte. Ich musste sie nutzen. Aber wie du siehst, bin ich Murphy nicht einmal nahe gekommen, noch habe ich versucht dich zu erpressen. Ich war zu beschäftigt mit meinem eigenen Leben. Außerdem, ich bin vielleicht eine beschissene Reiterin, aber ich würde nie einem Pferd wehtun. Ich dachte, du wüsstest das.«

Ich wusste nicht, wo ich hinschauen sollte. Ich fühlte mich schrecklich.

»Das erste Rennen ist immer am härtesten«, sagte ich. »Es wird besser, du solltest nicht aufgeben.«

»Justina, du brauchst nicht gönnerhaft sein. Du hast dein erstes Rennen gewonnen, wenn ich mich recht erinnere. Ich weiß, wann es vorbei ist.« Sie zündete sich eine neue Zigarette an und in ihrem Gesicht las ich, dass dieses Video vorzuführen das Härteste war, was sie je getan hatte. »Tu dir selbst einen Gefallen, werde deinem Talent gerecht. Rennreiter, die endlos zu Partys gehen und die ganze Nacht aufbleiben, kommen nie an die Spitze. Sie werden dich aber mit Begeisterung mit hinunterziehen, wenn du es ihnen erlaubst. Jeder will so sein wie du, Justina. Versau es dir nicht.« Sie stand auf und vermied sorgfältig den Augenkontakt mit den Jungs. Die kecke, anmaßende Shona nahm wieder ihren Platz ein – eine Maske, hinter der sich Unsicherheit und geringes Selbstbewusstsein verbargen. »Hör zu. Ich weiß nicht, wer versucht hat dich und Murphy zu verletzen, aber falls das für dich irgendwie Sinn macht, ich verstehe, warum er oder sie es getan hat.«

»Pixie, bist du das?«, hauchte ich ins Telefon und kontrollierte durch die Zimmertür, dass auch niemand die Treppen heraufkam. »Ich bin's. Hör zu, hier dreht alles durch. Jemand hat versucht Murphy zu vergiften. Die Polizei war da und hat jede Menge Fragen gestellt. Aber es ist wegen Rory, was du gesagt hast, dass er vielleicht in die Sache verwickelt ist. Ich will es der Polizei nicht sagen, für den Fall, dass ich falsch liege. Aber, bei Gott, ich weiß nicht, was ich tun soll. Pixie?«

»Schon gut, bleib ganz ruhig, wir müssen in Ruhe darüber nachdenken …«

Allein den schrecklichen Verdacht auszusprechen, dass Rory mich verletzen wollen könnte, ließ mir das Herz fast aus der Brust springen. Aber er war in letzter Zeit gewiss nicht wie sonst gewesen. Er würde alles tun um die Meisterschaft zu gewinnen.

»Okay, ich sag dir, was wir machen.« Pixies Stimme klang angespannt und dringlich.

Ich war so erleichtert, dass ich mich an ihn wenden konnte. Rory war auch sein Freund. Es fühlte sich an, als ob wir uns gegen ihn verschworen.

»Rory und ich teilen uns morgen Früh einen Hubschrauber zu dem Rennen in Carlisle. Ich finde so viel wie möglich heraus. Vielleicht lässt er mir gegenüber was raus. Sag nichts zur Polizei, bis ich mich wieder bei dir melde.« Er legte auf.

Ich zitterte von Kopf bis Fuß, als ich mir die volle Bedeutung meines Verdachts ausmalte … aber es konnte kein Zufall sein. Sein Ehrgeiz, die Flucht aus dem Land, das Rasierwasser. Alles wies auf Rory hin.

9

»Der Chef ist am Durchdrehen.« Mandy kam mit einem Stapel Fütteranweisungen für Badger aus dem Büro. Jedes Rennpferd auf dem Hof hatte seinen persönlichen Futterplan. »Er wird jeden Moment das Telefon aus der Buchse reißen.«

Ich wusste, dass der Chef von Journalisten mit Anrufen bombardiert wurde. Wir hatten per Presseerklärung bekannt gegeben, dass Murphy aus dem Gold Cup zurückgezogen war. Das musste einfach Fragen aufwerfen.

Kanal Vier plante eine Hinter-den-Kulissen-Dokumentation über das Training für das Rennen. Sie porträtierten die heißesten Favoriten und wollten noch immer nach Dolphin Barn kommen, um die »herzzerreißende Enttäuschung« zu filmen, aber der Chef hatte »Nein!« gebellt und den Hörer auf die Gabel geknallt, als sie es vorschlugen.

»Er sagt, du sollst unter keinen Umständen ans Telefon gehen.« Mandys Augen waren rund vor Besorgnis. Schlechte Laune des Chefs verängstigte sie immer.

Ich war völlig in Murphy vertieft, der lethargisch an Heuhälmchen zupfte. Zum ersten Mal interessierte er sich nicht für das Treiben auf dem Hof. Sogar seine beste Freundin, Ziege Gertie, hatte ich aus dem Obstgarten herangeschleppt und vor der Boxtür angebunden, aber er wieherte noch nicht mal bei ihrem Anblick.

Plötzlich klingelte mein Handy.

»Nicht anfassen!« Mandy wurde fast hysterisch.

Ich musste. Falls es Pixie war, musste ich herausfinden, was vor sich ging. Angst fraß sich wie ein Tumor in mich. Wenn Rory nun doch verwickelt war …

»Hallo?« Die Verbindung krachte.

»Hallo, Schätzchen, ich bin's.«

»Chester.« Die Enttäuschung ließ meine Stimme heiser klingen.

»Nur ein schneller Anruf, Schätzchen. Tut mir echt Leid, das mit Murphy, voll der Hammer. Aber, hör mal, das glaubst du nie. Ich hab einen Ritt auf einem der Favoriten, auf Heritage Bay. Bin gerade in Heathrow. Es ist ganz schön kalt hier bei euch ...« Die Verbindung wurde immer schlechter. »... Wettkampf zwischen mir und Rory ... Abendessen nach dem ... Was machst du ...« Bbbbbbrrrrrrrrrrr! ... tot.

Mandy beobachtete mich mit Adleraugen.

»Es war kein Reporter, es ...« Ich brach ab, als Tränen in mir hochstiegen und die Augen glänzen ließen. Es war nicht fair. Mehr als alles andere wollte ich den Gold Cup reiten.

Murphy würde sowohl Sergeant Peggy als auch Heritage Bay schlagen und sich noch dabei langweilen, das wusste ich. Warum nur waren wir so grausam ausgeschaltet worden?

»Ich brauche einen Spaziergang.« Ich war niedergeschlagen und matt. Shona hatte Recht. Viele Leute waren froh, dass ich aus dem Rennen war. Chester hatte nicht mal gefragt, was Murphy fehlte.

»Wir werden die Verhöre den ganzen Nachmittag fortsetzen, aber es gibt einen wichtigen neuen Hinweis und ich möchte, dass Sie alle bis dahin darüber nachdenken.« Der Hauptkommissar stand mit dem

Chef und dem Tierarzt in der Stallkantine. Der Raum war gestopft voll mit dem gesamten Personal von Dolphin Barn. Sofort spitzten alle die Ohren. Badger, der für die Fütterung der neunzig Rennpferde verantwortlich war, saß grau und ausgemergelt herum und gab offensichtlich sich die Schuld an dem, was passiert war. Ich kannte das Gefühl.

»Aufgrund der Natur der Substanz, die Murphy's Law verabreicht wurde, können wir nun zweifelsfrei sagen, dass sie ihm oral zugeführt wurde, am späten Nachmittag oder frühen Abend und nicht, wie wir ursprünglich annahmen, mitten in der Nacht. Auf einem betriebsamen Hof wie diesem ist also womöglich einem von Ihnen etwas oder jemand aufgefallen. Deshalb bitte ich Sie sich zu erinnern, ob Ihnen irgendetwas Ungewöhnliches aufgefallen ist.«

Gedämpftes Getuschel erfüllte den Raum.

Das änderte die Sachlage dramatisch. Jetzt konnte ich mich nicht mehr dafür fertig machen, dass ich in Murphys Box eingeschlafen war. Auch Badger sah etwas entspannter aus.

»Es könnte trotzdem jeder gewesen sein«, sagte Shona, als wir nach der Versammlung hinausgingen.

Mandy war ungewöhnlich schweigsam. »Ich weiß nicht, ob ich das sagen sollte«, begann sie dann. »Ich meine, es klingt total lächerlich und es heißt wahrscheinlich gar nichts.« Sie biss sich auf die Unterlippe. »Aber gestern, nachdem er dich besucht hat, sah ich Pixie, wie er eine Hand voll Gras pflückte und sie Murphy gab.«

Ich blieb stocksteif stehen. »Was hast du gesagt?« Aber ich hatte verstanden. Mir schwirrte lediglich der Kopf bei dem Versuch, diese neue Information zu absorbieren.

Pixie. Pixie Raymond. Mein Freund. Mein einziger Vertrauter. Ein Erpresser? Ein Pferdevergifter? Nein, nein, definitiv nicht. Aber eine andere Stimme aus dem Unterbewusstsein gab zurück: und warum nicht? War er nicht ehrlich erschrocken, als du immer noch darauf bestanden hast, den Gold Cup zu reiten? War er nicht sofort an deiner Tür, nachdem du aus dem Auto geworfen worden warst? Wie hätte er besser mitkriegen können, was du planst, als indem er vorgab, dein bester Freund zu sein? Warum wollte er unbedingt Verdacht auf den Chef und Rory lenken? Und auch die verstellte Stimme war irgendwie vertraut gewesen. Und Rory, wo war der jetzt? In einem Hubschrauber – hoch über der Welt – mit Pixie.

»Justina, was ist los? Du siehst aus, als hättest du einen Geist gesehen.« Mandy nahm meinen Arm.

»Alles okay«, krächzte ich. »Ich brauche nur sofort ein Telefon, es ist ein Notfall.«

»Du glaubst doch nicht, ich meine, Pixie …«

Ich wühlte schon nach dem Handy, aber der Akku war leer. »Wo ist der Chef?«

»He, was ist mit Larry los?« Shona ignorierte meine Frage und starrte zum Wohnheim hinüber. Larry stand vor der Tür, aber irgendetwas stimmte ganz und gar nicht. Er taumelte fast. Vor zehn Minuten war er wohlauf gewesen – jetzt wirkte er, als sei seine ganze Familie auf einen Schlag bei einem Holocaust vernichtet worden. »Larry?«

»Gerade kam eine Kurzmeldung.« Er hielt inne. Sein fleischiges Gesicht war blutleer. »Auf dem Rückweg vom Rennen in Carlisle ist ein Hubschrauber abgestürzt. Ein Jockey ist verwundet, der andere tot. Vermutlich Rory.«

»Unfall- und Notaufnahme!« Ich stach gegen die Windschutzscheibe um den Weg anzuzeigen, als wir auf den Krankenhausparkplatz fuhren. Der Chef lenkte den Range Rover. Mandy sprang vom Rücksitz und flitzte zum Parkscheinautomaten. Wie um Himmels willen konnte sie in so einem Augenblick an einen Parkschein denken? Warum hatte ein Krankenhausparkplatz überhaupt einen Parkscheinautomaten? – Entschuldigen Sie, Ihr Ehemann hatte gerade einen Herzschlag und hier haben Sie noch einen Bußgeldbescheid, weil Sie kein Ticket gelöst haben. – Ich meine …

»Justina, steigst du endlich aus?«

Jetzt ging mir auf, dass ich wie angenagelt dasaß. Wie konnte das passieren? Jockeys starben nicht in Autos oder Hubschraubern, nicht wenn sie ihr Leben jeden Tag auf der Rennbahn riskierten. Es war einfach nicht richtig. Es war Verschwendung. Falls Rory tot war, wie konnte ich mir jemals vergeben? Wie konnte ich mich je dafür entschuldigen, dass ich ihn verdächtigt hatte, mich verletzen zu wollen? Wie konnte ich mit mir weiterleben?

»Hier lang!« Der Chef marschierte voraus. Ein Schwall warmer Luft schlug uns auf dem Weg zur Aufnahme entgegen. »Wir möchten zu Rory Calligan. Er ist vor gut einer Stunde eingeliefert worden. Hubschrauberabsturz.«

»Ja, wenn Sie mir bitte folgen würden.« Eine Schwester stand vom Schreibtisch auf und beantwortete gleichzeitig noch zwei weitere Anfragen. »Heute ging es richtig rund hier, ein Feuer und ein Autounfall. Einige Leute warten seit morgens um zehn hier in der Aufnahme.«

Sie schlängelte sich an einer Reihe Rollbetten vorbei durch einen mit Patienten voll gestopften Gang. Wir wurden neugierig angestarrt, als die Leute unsere Reithosen sahen. Der Chef sah sowieso immer halb wild aus, mit den zu Schlitzen zusammengezogenen Augen und den Strubbelhaaren voller Stroh und Sägespänen.

Wenigstens war er am Leben. Gott sei Dank. Die Schwester führte uns in ein Krankenzimmer. Nicht in ein Zimmer mit gedämpftem Licht, um uns auf das Schlimmste vorzubereiten …

»Rory!«

Er saß aufrecht im Bett, ein Pflaster quer über die Stirn, und las die »Racing Post«.

»Dir geht's gut!« Ich taumelte halb ohnmächtig vorwärts und warf die Arme um ihn. Er drückte mich auch, so fest es ging, fester, als er mich je zuvor umarmt hatte. »Ich dachte, du wärst tot«, flüsterte ich.

»Fünf Sekunden später wär ich's gewesen.« Er hielt mein Gesicht fest und wischte mit dem Daumen eine verirrte Träne fort. »Wenn Ben mich nicht aus dem Wrack gezogen hätte, wäre ich gegrillt worden.«

»Ben!«, kreischte Mandy auf. »Mein Ben?!«

»Ja, ja, er ist da hinter dem Vorhang. Entweder kämpft er mit der Bettpfanne oder er bezirzt gerade die Schwester«, gluckste Rory. Humor schien sein Schutzschild gegen den Schock zu sein.

Mandy stürmte wie ein Todesengel heulend auf das Nachbarabteil zu. »Hat nur ein paar Schrammen und Verbrennungen, nichts Schlimmes!«, rief ihr Rory nach. »Er hatte in letzter Minute gefragt, ob wir ihn mitnehmen könnten.«

»Wer war noch an Bord?« Der Chef kam direkt zum Kern der Sache.

Rory schreckte hoch und richtete sich in den Kissen auf.

Ich drückte ihm immer noch die eiskalte, verletzte Hand.

»Rory?«

Er schaute einer Schwester nach ohne sie wirklich zu sehen, ein anderes Bild vor Augen.

»Pixie. Wir taten, was wir konnten. Wir zogen ihn raus, aber er saß hinten, wo die Explosion ...« Er brach mit schmerzverzerrtem Gesicht ab.

»Und der Pilot?«

»Beinbruch und Gehirnerschütterung.«

»Hat jemand Pixies Bruder verständigt?«

»Er ist auf einem Rennen in Frankreich.«

»Ich werde besser mal einen Arzt suchen.« Der Chef schob sich unbeholfen aus dem Abteil.

»Du dummes, verrücktes Mädchen, warum hast du mir nichts erzählt?« Sobald wir allein waren, griff Rory nach meinem Handgelenk. »Pixie hat mir alles gebeichtet, wie er dich erpresst hat, wie er ... wie ...« Rory rang um Worte. Verspätete Gefühle drängten nach oben. »Er wollte noch alles richtig stellen, seine Schuld gestehen, bevor er ...« Stumme Tränen rannen ihm die Wangen hinab. »Ach Gott, Jus, es war so schrecklich. Ich konnte nichts sehen außer dicke Rauchschwaden. Ich konnte ihn nicht rechtzeitig erreichen, aber ich konnte ihn hören. Und dann das, was er erzählt hat.«

»Schon gut, ist ja schon gut. Ich weiß schon, dass er es war.« Wir zitterten beide und klammerten uns aneinander.

»Sogar das Rasierwasser hat er mir gekauft, damit es so aussähe, als wäre ich der Täter.« Er fuhr sich mit der Hand über die Nase. »Ich hab mich so idiotisch benommen, dass er dachte, er könnte den Verdacht leicht auf mich lenken.«

»Ich hab ihm halb und halb geglaubt. Ich dachte, du hast immerhin ein Motiv – die Meisterschaft.«

Wir starrten einander an, erschüttert von der Macht der Ereignisse, die uns überfallen hatten.

»Er tat es, um einen Buchmacher in Fernost zu bezahlen. Er hatte fast eine Viertelmillion Spielschulden. Wenn er nicht getan hätte, was sie verlangten, wären sie an die Presse gegangen. Und zu seinem

Bruder Ike. Pixie hat immer zu seinem Bruder aufgesehen. Er wollte nicht, dass der es erfuhr.«

»Er muss unter enormem Druck gestanden haben.« Ich konnte es immer noch nicht ganz glauben.

»Es hat ihm wirklich Leid getan. Ich weiß, dass er es ehrlich gemeint hat. Er wollte aussteigen, aber er hatte zu viel Angst. Aber weißt du, was wirklich schrecklich ist? An dem Morgen auf der Bahn, als der Chef gesagt hat, dass er Murphy nicht zum Gold Cup melden wird? Ich war froh! Erleichtert! Ich wollte dich nicht im Gold Cup.«

»Das ist doch jetzt egal.«

Wir hielten uns über die Laken hinweg an den Händen und spürten, wie der alte Zauber zwischen uns wieder auflebte. »Du musst alles der Polizei berichten«, sagte ich.

Rory stöhnte. »Eins hab ich dir noch nicht erzählt«, sagte er zögernd. »Ich weiß nicht, wie er heißt, aber da ist noch jemand im Spiel. Und nach allem, was Pixie sagt, wird er nicht aufhören, bis er sein Ziel erreicht hat.«

10

Sergeant Peggy verließ Dolphin Barn in Richtung Cheltenhamer Rennbahn um Punkt halb sieben am Morgen des Gold Cup.

»He, denkt daran, dass unserer Urlaub auf Lanzarote mit euch reitet«, rief Larry und streckte beide Daumen in die Höhe.

Mir wurde schon bei dem Gedanken schlecht.

Scooby, Shona und ich drängten uns in den Hänger, mit Pferdepass und unseren Ausweisen, alles komplett.

Am Abend vorher war im Fernsehen ein Bericht über die beiden Favoriten gezeigt worden, Sergeant Peggy und Heritage Bay. Die beiden Pferde waren noch nie gegeneinander angetreten. Der eine war ein verlässlicher alter Kämpe, während Sergeant Peggy neurotisch und unberechenbar war. Rory würde jedes Quäntchen Geschick und seine ganze Überredungskunst brauchen, damit sie rannte.

Mr Chips, der Fahrer, startete den Motor und löste die Luftdruckbremse.

Murphy explodierte plötzlich in seiner Box und warf sich krachend gegen die Tür.

»Ich muss zu ihm!«

»Wir haben keine Zeit mehr! Larry wird ihn schon beruhigen. Setz dich wieder hin!«

Der riesige Transporter schwenkte auf die Straße hinaus. Immer noch hörte ich donnernde Hufe und ohrenbetäubendes Gewieher. Mir wollte schier das Herz bersten.

Scooby drehte das Radio auf volle Lautstärke. »Nächstes Jahr ist er dabei. Und das Grand National gibt es auch noch.« Scooby drückte mir die Hand. So sah die Realität von Rennreitern eben aus. Es war ein Glücksspiel mit hohen Einsätzen, unglaublichen

Höhen und niederschmetternden Tiefs. Dazwischen gab es nichts. Jetzt musste ich Rory unterstützen.

Die Kantine platzte fast vor Stallpersonal. Ein Haufen Iren drängelte sich lärmend um den tragbaren Fernseher und feuerte die Pferde im ersten Rennen an. Die besondere Erregung, diese Aufregung hier, gab es nur in Cheltenham. Es war das Ereignis unter den Hindernisrennen und zog fünfzigtausend Menschen an, die durch die Tore drängten, um die Besten unter den Rennpferden den berühmten Hang hinaufgaloppieren zu sehen. Ich bekam Gänsehaut, als ich die Atmosphäre in mich einsog.

Rory saß ganz für sich und starrte in eine Tasse mit kaltem Kaffee. Er war immer noch hohlwangig und ausgelaugt von dem Unfall. Und was schlimmer war, der Ehrgeiz hatte ihn verlassen. Im Geheimen hatte er mir anvertraut, dass, falls er Kopf an Kopf mit Ben läge im Kampf um die Meisterschaft, er sich für den Rest der Saison zurückziehen würde. Er wollte nicht den Mann besiegen, der ihm das Leben gerettet hatte.

Die Kommentare im Fernseher waren unüberhörbar. Berühmte Jockeys machten Voraussagen zu dem Rennen: »*Sergeant Peggy ist nicht gerade das, was man einen leichten Ritt nennt. Rory muss sie vom ersten bis zum letzten Sprung richtig einsetzen. Ob er treibt oder stillsitzt, er darf sich kein einziges Mal vertun.*«

»*Rory Calligan lässt einen schwierigen Ritt wie ein*

Kinderspiel aussehen. Er ist so positiv, das ist sein Geheimnis.«

»Chester Dulaney müsste eigentlich ein Handicap bekommen. Er ist viel zu gut für seine Gegner. Auf Heritage Bay wird er seine Gegner souverän im Griff haben. Da erleben wir keinen Wettkampf, nur einen Sieger.«

Ich drückte Rorys Hand. »Das weiß man doch nie«, redete ich auf ihn ein. »Sie können reden, soviel sie wollen, sobald das Startband hochfliegt, kann alles passieren.«

»Ich hab dich vermisst«, lächelte er mich an und bekam lauter Fältchen um die wundervollen dunklen Augen. In meinem Magen kitzelte es leise.

»Du wirst gewinnen, ich weiß, dass du gewinnst. Der Chef trainiert Sieger und du reitest sie.«

Chester tauchte auf dem Bildschirm auf, der weiche amerikanische Akzent hob sich deutlich gegen die irischen Stimmen im Hintergrund ab: *»Rory hat den Heimvorteil, er kennt die Bahn. Er ist ein großer Reiter, aber ich glaube, mein Pferd ist seinem überlegen. Die Buschtrommeln melden, dass Sergeant Peggy in letzter Zeit nur noch rückwärts gerannt ist auf den Bahnen. Das kann man kaum ermutigend nennen.«*

Jeder Nerv in meinem Leib zog sich wie eine Bogensaite zusammen.

»Hör gar nicht hin.« Rorys Augen brannten sich in meine. »Lass die Polizei ihre Arbeit tun. Das wird ihm das Lächeln bald vom Gesicht wischen.«

Pixies Beerdigung war ohne ein Wort über seine Spielschulden vorbeigegangen. Aber in seiner Wohnung waren wertvolle Hinweise entdeckt worden. Entscheidende Details und Telefonnummern von Buchmachern und Jockeys, die in einen lukrativen Wettschwindel verwickelt waren. Pixie war mit hineingezogen worden und hatte die Anweisung erhalten, bestimmte Pferde vom Siegen abzuhalten. Und dann sollte er mich stoppen. Verdeckte Ermittler bastelten Stück für Stück an einer lückenlosen Beweiskette. Und Chester Dulaney steckte bis über beide Ohren mit drin.

Scooby und der Chef marschierten quer durch die Kantine und zogen die Aufmerksamkeit weg vom Fernseher auf sich. Jeder kannte Kenneth Brown, er war ein legendärer Trainer, der heute einen Favoriten im Rennen hatte. Ich hörte respektvolles Raunen durch den Raum laufen.

»Los, wir müssen die Bahn ablaufen«, bellte er und knallte eine Feldflasche auf den Tisch. Der Chef brachte immer seinen eigenen Kaffee mit, weil er ihn so stark trank, dass man einen Löffel aufrecht hineinstellen konnte. »Ich bin nicht begeistert, der Boden ist gut bis hart. Ich möchte die Strecke vom letzten Hindernis zur Zielgeraden durchgehen.«

Ich starrte auf die Cheltenhamer Steigung, auf die Haupttribüne in der Ferne, auf die massiven schwarzen Hindernisse, auf die sich endlos hinziehende Durststrecke, die nur ein Champion mit Pace und Stehvermögen bewältigen konnte. Ich dachte an große Pferde wie One Man, die hier auf ihre Grenzen ausgetestet worden waren. Das hier war ein besonderes Rennen, es verlangte Unglaubliches von Pferd und Reiter.

»Spring die letzte Hecke direkt an der Rail. Nicht zu schnell anreiten. Halt sie schnurgerade und sitz so still wie möglich. Die kleinste Ablenkung und du verlierst sie.« Der Chef stocherte mit dem Gehstock im Turf herum, mehr aus Nervosität als aus Notwendigkeit. Wenn eines seiner Pferde rannte, entspannte er sich erst wieder, wenn sie zurück in den Stall geführt wurden. Er liebte sie alle, Sieger oder nicht.

Wir hörten die Neuigkeit, als wir von der Bahn zurückkamen und am Wassersprung unter den Rails durchschlüpften. Shona rannte auf uns zu, mehr vom Schock als vom Rennen außer Atem.

»Chester ist verhaftet worden«, keuchte sie. »Hab's gerade von einem der Iren gehört. Es spricht sich wie ein Lauffeuer auf der Bahn herum: Wettschwindel und Rennbetrug. Er ist in einem Polizeiwagen weggebracht worden. Angeblich hat er kein Wort gesagt, ist nur eingestiegen. Hat nicht mal gefragt, ob er erst noch reiten darf.«

Shona hatte Augen groß wie Teetassen, aber dahinter sah ich, wie die Zahnrädchen sich drehten und sie sich fragte, warum wir nicht wie der Rest der Jockeys, Helfer und Trainer vor Überraschung fast umfielen.

Die Antwort war: Weil wir es schon wussten. Nicht, dass er genau heute verhaftet werden würde. Das war eine echte Überraschung. Aber wir hatten genug von der Polizei erfahren um zu wissen, dass Chester Dulaney ein Betrüger war, der in Amerika so viele unehrliche Rennen geritten war, dass er nach England hatte fliehen müssen um einer Festnahme zu entgehen.

Zuerst hatte er versucht mich aus dem Gold Cup zu schmeißen, indem er der Rennleitung den Tipp gab, dass ich Entwässerungsmittel nahm. Wäre ich suspendiert worden, hätte er eine saftige Belohnung von einem Buchmacher erhalten, der gestern verhaftet worden war. Als das nicht funktionierte, hatte er Pixie auf mich angesetzt, erst um mir Angst einzujagen, dann um Murphy zu schaden. Er kannte keine Grenzen. Er war ein Mensch ohne Moral.

Und ich war auf ihn reingefallen. Jedenfalls ein Stück weit. Ich hatte den harten, gemeinen Charakter hinter der glänzenden Fassade nicht gesehen. Ich hatte all die Aufmerksamkeit und den Ruhm gierig aufgesaugt. Jetzt empfand ich weder Hochstimmung noch Stolz, sondern nur, wie eine kalte Last, die Einsicht, dass ich mich so sehr täuschen konnte, so naiv war.

Und Erleichterung. Dass es vorbei war. Endlich.

»Falls Miss Justina Brooks sich in Hörweite befindet, möchte sie bitte umgehend ins Büro der Rennleitung kommen. Vielen Dank.«

»Was wollen sie mir denn jetzt schon wieder vorwerfen?«

»Ich begleite dich«, sagte Rory.

»Kannst du nicht. Du musst dich vorbereiten. In die Waage. Jetzt sofort.«

»Sie ist mein Jockey. Ich werde sie begleiten.« Der Chef griff mit Nachdruck nach meinem Arm.

Verdammt! Ich hatte vergessen Rory das Glückskettchen zu geben, das mir Mum und Dad zum dreizehnten Geburtstag geschenkt hatten. Hoffentlich war das kein schlechtes Vorzeichen.

»Du wirst die Treppe hochsteigen müssen statt den Lift zu nehmen«, knurrte der Chef. »Es bringt Unglück, jemand zu überholen, und ich werde dieses Risiko nicht eingehen.«

»Abergläubischer alter Esel«, murrte ich unhörbar und wappnete mich innerlich für die neuerliche Begegnung mit der Rennleitung.

Das Renntrikot, das sie mir in die Hand drückten, war rot mit pfirsichfarbenen Kringeln. Sehr geschmackvoll. Mit passendem Bezug für den Rennhelm.

Die Besitzer von Heritage Bay boten mir den Ritt an. Bis eine Stunde vor dem Rennen war es immer noch möglich, einen neuen Reiter anzumelden. Und sie hatten mich gewählt. All der Kampf um mein Gewicht und all die Selbstdisziplin machten sich jetzt bezahlt.

»Was soll ich Rory sagen?« Panik schoss mir wie

ein Hochgeschwindigkeitszug durch die Glieder. Und ich war noch nie auf Heritage Bay gesessen. Ich war innerlich nicht auf ein Rennen vorbereitet.

»Du tust es einfach. Daran müsst ihr euch beide gewöhnen. Ihr seid Rennreiter und ihr müsst damit leben, dass ihr gegeneinander reitet. So einfach ist das. Weißt du, Mädel, ich bin stolz auf dich.« Und damit lehnte sich der Chef vor und umarmte mich ungelenk. Aber es kam von Herzen.

»Ja, hmm, danke, Mr Brown«, sagte ich so trocken wie möglich. Und bedeutungsvoller: »Für alles!«

»Bitte stellen Sie sich auf!«

Acht Pferde galoppierten langsam vom ersten Hindernis zurück zur Startlinie. Das Rennen um das Blaue Band. Zwei Meilen, zwei Achtelmeilen und zweihundertzehn Yards, das sind fast vier Kilometer. Dreißig Hecken. Ein Menschenmeer um die Rails gedrängt, um einen flüchtigen Blick auf das Rennen zu erhaschen. Die Aufregung war elektrisierend. Mit nichts vergleichbar, was ich bisher erlebt hatte. Und dann erstarben alle Unterhaltungen auf einen Schlag und tosendes Gebrüll hob an. Rory mit Sergeant Peggy war direkt an den Rails, Heritage Bay wartete geduldig an der Außenseite. Ich schloss die Beine um den briefmarkenleichten Sattel und nahm die Zügel kürzer.

»Los!«

Wir stürmten los, durchpflügten den geheiligten Turf. Heritage Bay biss auf die Trense und legte sich mit seinem ganzen Gewicht darauf. Aber ich war starke Pferde gewöhnt. Jeder einzelne Nerv in mir vibrierte vor Anstrengung, in seinen Kopf zu gelangen. Innerhalb von Sekunden musste ich mit diesem langbeinigen braunen Krieger eine Partnerschaft herstellen. Wir mussten so schnell wie möglich den Draht zueinander finden.

Sergeant Peggy patzte gerade an der dritten Hecke, kam aber wieder auf die Beine. Sie triefte vor Angstschweiß und verdrehte die Augen, aber Rory flößte ihr Zuversicht ein. Er hätte gar keine Zügel gebraucht, so konzentriert und bei der Sache war er.

»Los, Bursche, ruhig jetzt, und jetzt hoch mit dir, jawohl, gut gemacht!«, redete ich nonstop auf Heritage Bay ein, ungeachtet des Winds und der donnernden Hufe, die jedes Wort erstickten. Rund um uns peitschten Birkenzweige und knallten Stöcke. Ein Jockey schrie auf. Fluchte. Zwei Pferde rutschten in den offenen Wassergraben und überschlugen sich. Ich wich nach links aus um einer Kollision zu entgehen. Wir verloren Boden. Wertvolle Sekunden. Vor uns schaltete Sergeant Peggy in den höchsten Gang. Sie war jetzt voll bei der Sache, reagierte auf die Magie von Rorys Berührung.

»Los jetzt!« Ich gab Heritage Bay die Fersen. Glühendes Verlangen nach dem Sieg brannte in mir, übernahm die Kontrolle, verdrängte alles andere.

»Pass auf!« Ein reiterloses Pferd stellte sich direkt vor der nächsten Hecke quer und schnitt drei anderen Pferden den Weg ab. Sie verloren den Schwung und stapelten sich fast auf der massiven Hecke. Ich riss Heritage Bay zur Seite, hob ihn praktisch mit reiner Willenskraft über das Hindernis. Eine breite Lücke tat sich auf. Jetzt sah ich die Spitze. Sechs Längen vor uns und wir kamen immer näher. Heritage Bay kam in Fahrt, in dem ihm eigenen rollenden Galopp. Ich drückte mich flach gegen seinen Hals und drängte ihn zu mehr Tempo. Und noch mehr. Und noch mehr. Wir flogen über das vorletzte Hindernis.

»Und hier sind sie auf den letzten hundert Metern vor dem Ziel. Und Sergeant Peggy liegt vorn in diesem großen Rennen, weit vor dem abgeschlagenen Rest. Aber jetzt findet Heritage Bay enorm Tritt, er schleicht von der Außenseite an. Das ist ein starkes Rennen ...«

»Los, schneller!« Ich trieb mit beiden Armen. Wir waren oben auf dem Hügel angelangt und schon stieg von der Haupttribüne tosender Beifall auf. Wir schoben uns neben Sergeant Peggys Flanke. Sie schlug mit dem Schweif, wich Rorys Bein aus.

»Wir schlagen euch!«, brüllte ich.

»Niemals!« Und Rory warf die Arme nach vorn und ritt um sein Leben. Auf beiden Seiten der Bahn standen dicht gedrängt Menschenreihen. Es war, als raste man einen Schacht hinab. Das Geschrei war ohrenbetäubend.

»Und Sergeant Peggy steigert sich noch, der Sieg im Gold Cup ist ihr sicher. Keine Chance, diese Siegerin noch einzuholen. Und es ist Sergeant Peggy. Und sie gewinnt in großartiger Manier ...«

Wir waren Zweite geworden. Es war ein großer Augenblick im Pferdesport. Zwei Reiter und zwei Pferde hatten ihr Bestes gegeben. Rory kam auf mich zugetrabt und gab mir einen verschwitzten Kuss auf die Lippen. Der Jubel der Zuschauer stieg zum Himmel. Undeutlich sah ich Fernsehkameras ranzoomen.

Und dann ritten wir auf den Siegring zu. Die ersten vier Pferde. Menschen streckten die Hände nach uns aus, wollten unbedingt ihre Pferdehelden berühren. Rory würde in die Geschichtsbücher eingehen. Scooby führte die temperamentvolle Stute auf den ersten Platz. Wie war sie an diesem Tag großartig gerannt!

Rory hatte jedes Quäntchen Talent aus ihr herausgeholt, wie es nur ein Starjockey konnte. Ich platzte vor Stolz und Liebe für ihn.

Meine Beine bestanden nur noch aus Wackelpudding, als ich den Sattel zum Auswiegen die Treppe hochtrug. Draußen sprach der Chef schon mit Journalisten. Rory wurde von Autogrammjägern belagert. Ein Lächeln breitete sich über mein ganzes Gesicht, als ich daran dachte, wie stolz ich darauf war, zu Dolphin Barn zu gehören. Und zu Rory Calligan.

»Oh, sorry, hab ich dich erwischt?«

Ein Jockey, der gerade aus der Waage kam, hielt mich am Ellbogen fest. Ich bemerkte es erst vor lauter Euphorie gar nicht, aber es war Topjockey Dougie Barnes. Er ließ nicht los.

»'tschuldigung?«

»Falls du vorhast, deinen großen roten Gaul beim Grand National zu reiten, überleg's dir lieber noch mal. Das ist nichts für Mädchen. Ich werd mich sonst persönlich drum kümmern, dass du nicht heil da rauskommst.« Er ließ mich los und stelzte davon, verschwand in der Menge.

Ein eisiger Schauer lief mir die Wirbelsäule entlang. Er klang wie ein wahrer Feind. Und bis zum Grand National lagen nur noch zwei Wochen vor uns. Ich war entschlossen es zu gewinnen, aber waren etwa andere noch entschlossener, mich daran zu hindern?

Glossar

Becher's Brook: berüchtigtes festes Hindernis in Aintree, der Bahn für das ***Grand National.***

Flachrennen: Galopprennen mit einer Distanz zwischen 1000 und 4200 m

Frankie Dettori, John Francome, Lester Piggot, Tony McCoy: berühmte englische Jockeys

Grand National: Wichtigstes Jagdrennen Englands ist das ***Grand National Steeplechase*** in Aintree bei Liverpool. Andere wichtige englische Hindernisrennen sind das ***King George VI*** in Kempton und der ***Cheltenham Gold Cup*** in Cheltenham.

Hindernisrennen: Pferderennen über künstliche oder natürliche Hindernisse. Man unterscheidet ***Hürdenrennen*** über bewegliche Reisighürden oder Hecken und ***Jagdrennen,*** die auch ***Steeplechase*** genannt werden, über feste, schwere Hindernisse. Die Pferde nennt man entsprechend ***Steepler*** und ***Hürdler.*** Insgesamt werden die verschiedenen Hindernisrennen in England als ***National Hunt*** bezeichnet.

Jockey: in Deutschland darf sich ein Rennreiter erst ab dem fünfzigsten Rennen Jockey nennen; in England gibt es diese Unterscheidung nicht.

Jockey Club: oberste Behörde des Galoppsports in England

Jodhpurs: knöchellange Reithosen, im Gegensatz zu ***Breeches,*** kurzen Reithosen, und ledernen ***Chaps,*** die man sich als Schutz über die Hosen schnallt

Lot: Ausritt; jeweils die erste, zweite, x-te Gruppe Rennpferde, die zum Morgentraining auf die Trainingsbahn »ausreiten«.

Pace: Tempo

Pullen: Bezeichnung für den ungestümen Vorwärtsdrang des Rennpferdes bei gleichzeitigem Widerstand gegen die bremsende beziehungsweise zurückhaltende Hand des Reiters

Racing Post: Englische Tageszeitung, die sich fast ausschließlich mit Pferderennen beschäftigt.

Rails: weißer Zaun, der die Rennbahn auf beiden Seiten begrenzt

Steward: Mitglied der Rennleitung, das für die Rennen verantwortlich ist

Stock: Während man bei der normalen Reiterei von ***Gerten*** spricht, verwendet man bei der Rennreiterei einen so genannten ***Stock*** bzw. bei Jungpferden eine ***Reitklappe*** um sie anzutreiben.

Waage: Dort werden die Jockeys vor und nach den Rennen gewogen. Dabei dürfen sie ein je nach Rennen festgelegtes Gewicht weder über- noch unterschreiten. Außerdem die Bezeichnung für das Gebäude, in dem sich die Rennreiter auch umziehen.

Wettquote: Der Geldbetrag, der bei erfolgreicher Wette ausgezahlt wird. Die Quote wird stets auf der Grundlage von 10 Pfund Einsatz angegeben (Beispiel: 50 für 10 bedeuten 50 Pfund Auszahlung bei 10 Pfund Einsatz). Hat man nur für 2,50 Pfund gewettet, erhält man also nur ein Viertel der Quote, für 5 Pfund die Hälfte usw.